U0028166

苓菁
作品

笭菁作品50

異遊鬼簿III

笭菁 著

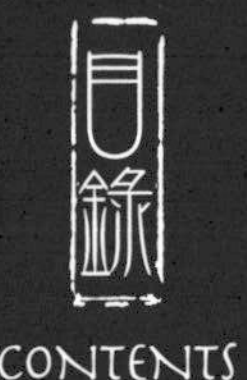

CONTENTS

※本書人物及故事情節純屬虛構，如有雷同純屬巧合※

# 楔子

月明星稀，荒野靜寂，夜風輕拂，暗夜中的長草沙沙作響，枝頭的樹椏發出喀喀聲響，一雙黑白分明的大眼仰望著窄小的星空，他虛弱的躺在冰冷的石板地，努力的呼吸。

他找不到爸媽了？哥哥姊姊也不知道去了哪裡，他只知道好多人在尖叫、好多人在咆哮，他聽著誰嚷著快跑，他就跑，沒命的拔腿狂奔……一直到覺得肚子痛為止。

有東西穿過了他的肚子，他拔不出來，感受到熱液流下，疼痛讓他站不起身，但是他知道不能停下，他只能往前爬、再爬……一直到沒有路為止。

這是個石室，但是上方開了個洞，可以看見日月星辰，外頭隱隱約約還有聲響，但是他已經不怕了。

因為，這裡好美。

天空中星星閃爍，月兒高掛，今天是滿月，銀光燦燦好不美麗！而月亮剛來到洞口，照亮了一室。

一室五彩繽紛，讓人目瞪口呆的光輝瞬間交映，石牆上閃耀著紅色、白色、黃色跟藍色的光芒，好多又大又閃亮的寶石，點綴了整間石室。

好多寶石喔！他往旁邊看，牆上的寶石一路鑲到地面，每一顆都比他的掌心來得巨大，只要拿一顆，大家就不必餓肚子了，還可以買一間不會淹水的屋子住……

他伸長了手，觸及石壁，想要把嵌在裡頭的寶石挖下來，卻已經沒有氣力。

迷濛的雙眼裡映著絢爛奪目的寶石光輝，他知道這是大家一直在找的寶物，因為一直一直想要過好日子……

「這裡！」足音從遠方傳來，踏階而來。

「哇！終於讓我們找到了！」

兩、三人衝進三人寬的石砌方間，雙眼望著牆上的寶石，幾乎要失了神智。

「這就是陵寢！天吶……你看看！」矮個兒挖下就近的寶石，「你看看這有多大！」

「太棒了！」高瘦的男人也卯足了勁，刨下一顆鴨蛋大的紅寶石，就著月光欣賞那透明澄淨。

「可——」矮個兒才說著，腳下踏上鮮血，他愣了一下，不由得低下頭。「咦……這是——」

大家這才注意到地上的孩子，鮮血溢流滿地，早已氣絕身亡。

「這不是你兒子嗎？」

他們不由得對著正瘋狂刨挖寶石的高瘦男人說著。

高瘦男人只是微怔，回身低首一瞥，冷然的眼裡映著兒子慘白的臉龐，數秒後，他轉身繼續手上的工作。

「死掉就沒用了。」

還不如多挖些寶石，來得更加實際啊！

望著他瘋狂的動作，其他幾個人顧不得多想，也趕緊掏出工具來刨挖，深怕自己動作慢了，搶到的寶石就少了。

一顆接著一顆，數十克拉的高等級寶石從牆上被取下，石牆上原本的斑斕，成了一個又一個無生氣的凹洞。

矮個兒挖出一枚藍寶，以指尖摳出取下，隨即感受到寶石上的濕潤。

他狐疑蹙眉，緊接著眼前的孔洞裡居然開始湧出水來。「哇……搞什麼！」

這一驚叫讓所有人都嚇了一跳，跟著回頭往他那邊看去，果然看見一個孔洞裡滲出水……不，是幾乎所有的孔洞都滲出水來了。

「怎麼回事？」眼前的每個凹洞都大量的湧出水，大夥兒慌得連忙用手去擋。

大手擋住凹洞，水依然從指縫中漫流而出，然而在掌上映出的不是清水，而是更深的色澤……這讓他們狐疑的拿起手電筒仔細映照，發現湧出來的居然是鐵鏽色的液體！

「這是什麼？」人們慌亂的收拾腰間的囊袋，將寶石塞入綁好袋口。「有機關嗎？」

「不可能有啊，這裡怎麼會有……」高瘦男人邊說，卻看著水越湧越多，從一開始的幾縷細流，變成了水柱，從每一個被挖空的孔洞裡急速湧出。「走！先走！」

他吆喝著，大家連忙往外頭奔，這裡是格狀石室相連的空間，他們剛從外廊來，現在要從外廊逃出去。

但是，才剛轉身，還來不及走到門檻，卻赫見剛剛進來的窄門不見了！

「門？」男人伸手擊上眼前的石板門，「這門是什麼時候出現的？」

石門上的雕刻活靈活現，是阿普莎拉女神，體態婀娜，翩翩起舞。

「沒有別的出口啊！」慌亂大喊，眼看著水越淹越高，明明石磚中該有縫隙，現下卻怎麼樣都流不出去。

「上面！」有人指了正上方，「等水滿了，我們再從那邊出去！」

餘音未落，烏雲陡然遮去了月娘，正上方那片天突然間暗了下來，窸窸窣窣的聲音從外頭傳來，像是有什麼在爬行一般。

水聲嘩啦，伴隨著爬行的詭異聲響，一行人不由得恐懼的往上方望去，終於看見如蛇般的東西緩慢爬過天井，並予以遮蓋。

「……蛇樹？」男人暴吼一聲，「為什麼蛇樹會突然──」

不，不該是突然。

一根又一根比大腿還粗的板根樹，開始來回覆蓋住天井，他們所見的星空越來越窄小，石室內越來越昏暗，一直到幾乎看不見為止，室內只剩下絢爛奪目的寶石。

水，淹上了胸腔，每個人還僵住無法動彈。

屍體也浮了上來，在這方間裡載浮載沉。

「詛……咒？」有個人終於吐出這兩個字，嚥了口口水。

「什麼詛咒！沒有那種東西！」高瘦男人氣急敗壞的仰首，「等等到了洞口，就拿刀子把樹根鋸斷。」

叮鈴……鈴聲倏地打斷了他咆哮的回音，一陣又一陣的鈴聲忽然響起，伴隨著更甚的音樂聲。

「哇啊！」所有人慌亂的聚在一起，聽著震耳欲聾的音樂，卻什麼也瞧不見。

牆上的雕刻女神突然動了起來，祂們手舞足蹈的擺動纖細的身子，從牆上浮了出來……彩帶纏繞在身上，整齊的跳著民族舞蹈，雙眼瞅著他們瞧。

『很美吧……很美吧？』柔膩的聲音傳開，『在水裡看更美喔！』

「對不起……不管您是什麼神，都請祢們原諒我！」矮個兒立刻把腰間的寶石袋子解開，雙手呈上。「請放我一馬，請放過我！」

女神們的胴體如真似幻，不停的環繞著他們舞動，沒有人接過那袋寶石，祂們只是吃吃笑著。

水，快淹滿了。

盜墓者鋸不開粗大的樹枝，他們在水裡掙扎著。

水裡的寶石居然依然反射著五彩光芒，的確美不勝收。

女神們在水底舞蹈著，笑意更深了。

根。

「不——」高瘦男人仰著首掙扎吸入最後一口氣，他還在拚命的試圖鋸斷任何一根樹根。

可是刀子一離開樹根，樹根就恢復原狀，根本不可能有鋸斷的一天。

一隻手倏地抓住他的腳踝，使勁的將他往下扯去，嚇得高瘦男子驚恐的揮動四肢，但他卻只能被拖往地面。

『爸爸……』那漂浮著的屍體居然張開了眼，帶著笑容望著他，攀在他的身上。『很美吧？』

他指著牆上映出的光芒，男人驚恐的大聲慘叫，使勁的想推開應該已經死掉的孩子，但是無論如何都推不開。

手電筒沉在水底，照亮了一室珍寶。

女神們依然舞動姣好的身體，樂音聲不斷，在水裡載浮載沉著數具屍體，已經沒有人再有任何掙扎。

# 第一章

小飛機停在腹地狹小的機場，乘客陸續從飛機的樓梯走下來，坐在最後一排的女孩依然端坐在位子上，真不知道大家在急什麼，這麼早站起來，又不能提早走。

她托著腮往窗外望去，天空蔚藍得沒有一絲雲朵，驕陽正炙，看出去令人心曠神怡。

「大家不要急啊，下機後就一起往大廳走，認我的旗子！」領隊手裡搖晃著一根伸縮桿，上頭繫了條鮮紅色的布巾。

旅行團一行人七嘴八舌，卻也不忘拿出相機，因為吳哥機場蓋得古色古香，似廟宇的屋頂跟一般機場大相逕庭，顯得特別有味道。

好不容易等到前面的乘客開始移動，後頭一票等不及的人也往前擠，女孩還抽空喝了口水，不疾不徐。

「差不多嘍。」耳邊突然傳來男生的聲音，她回頭望去，皺起眉。這男生有點陌生……她參加四天三夜的吳哥旅行團，這團有二十人，哪有辦法立刻認得，她只知道有夫妻、有朋友、有情人，眼前這個算得上眉清目秀的男生是、是哪個咧？

視線往下移，她眨了眨眼，這才注意到男生身上穿著旅行社的T恤咧！

「副領隊！」她啊了一聲。

「小林，叫我小林就可以了。」男生笑開了顏，「走嘍走嘍！」

季芮晨正首，才發現前頭已經沒人了，走道上最後一位跟她差了一個艙的距離，這才起身，但也是從容不迫的往前走去。

這團有兩個領隊，兩個都姓林，正式的那位是五十幾歲的大叔，索性稱他老林，而這位年輕小子，就稱做小林了。

「只是吳哥窟，怎麼會用到兩個領隊？」季芮晨好奇的回首問著。

「啊，我是實習。」

哦……實習領隊啊！說的也是，在正式帶隊之前，也是要有一定的經驗值，才能知道怎麼樣帶團。

才出機艙，就感受到炙熱的陽光，吳哥可不是普通的炎熱，空氣中充滿濕黏的水氣，陽光過度熱情奔放，只怕待在太陽下太久，中暑都有可能。

遠遠的紅色小旗子在飄揚著，團員倒是爭著拍照，季芮晨也拿出相機拍攝古趣的機場，橘色的屋簷配上藍天白雲，中庭還有綠樹庭園，煞是美麗。

「要不要我幫你們拍？」走到一群男女中間，主動開口幫忙，她知道這是同團的一掛。

「咦？真的嗎？」女孩子綻開笑顏，忙不迭的把相機遞過來。「謝謝。」

季芮晨回以微笑接過相機，三女一男，其中一對是情侶，感情看起來很好！她一連拍了好幾張，還叫他們換個姿勢再來一張。

「謝謝妳！」女孩跑過來拿回相機，「我也幫妳拍吧？」

「咦？不必了，我比較喜歡拍景。」季芮晨搖了搖頭，婉拒她的好意。

「喔……」女孩小心翼翼的左顧右盼，「妳一個人嗎？」

其實她早就注意到了，這團出來玩的不是家族就是情侶或朋友，好像從機場開始，唯一落單的就只有這個短髮的女孩。

「對呀，我一個人出來玩。」季芮晨用力點了點頭，「平日找不到伴啦，我朋友又沒辦法請假，最後一刻才報名，幸好業務說能幫我安插進來呢！」

「好衝喔！」另一個女孩也湊上前，「我們通常為了一起出國，要喬好久耶！」

「一個人出來玩也會很有趣的啦，什麼都要有伴，有時候也很麻煩。」季芮晨聳了聳肩，「像我真的要等我朋友喬好的話，我就不必玩了。」

「說的也是。」女孩掛起相機，主動伸出手。「我叫小朱，她是念憶，這對閃光是阿土跟阿丹。」

季芮晨笑彎了眼看向身高最少超過一百七十五的女生，跟一個身高保證只能號稱一六五的男生。「哪個是阿土啊？」

「當然是我啊！」男生扶了扶黑框眼鏡，「我看起來就土土的。」

「不會啦，不會啦，你最帥了！」身材勻稱的阿丹使勁搓了搓男友的小平頭，幸福全寫在眼裡。

「我們可以一起玩啊，妳不必擔心。」小朱看起來就是奔放熱情的女孩，紮起的馬尾給人俏麗跟活力十足的感覺。

身邊的念憶恰好是相反類型，略長捲髮，笑容恬靜但帶著慧黠，看上去智慧內斂，對於小朱的話，也只是點頭微笑而已。

這是互補型的朋友，季芮晨仔細觀察著，這四個朋友看起來都還算親切近人，不過主要的領頭者應該是小朱。

「我叫季芮晨，叫我小晨就好。」她也大方的自我介紹。

「這邊這邊！」走進大廳裡，紅色的旗子飄揚著，老林不停大力的揮舞著，這班班機的人多，深怕團員看不見。

不過小林起了相當不錯的作用，他似乎已經認得全團的團員，正一個一個將大家「導向正途」，往領隊那邊送；而小朱這票自然是目標對象之一，因為四個年輕人加上季芮晨，根本已經拍瘋了。

終於在五分鐘內讓一切回到正軌，大家領了行李，往遊覽車前進，第一站不是觀光，而是先果腹，雖然每個人都覺得肚子很飽，在機上根本就是一直吃東西，哪有餓的感覺。

不過道地的吳哥菜？嗯，那倒是得先試試。

季芮晨靜靜的站在角落等待去上洗手間的團員，小朱她們正努力的開始擦防曬，她閒著沒事也一起拿出來補，一雙眼瞅著小林跟老林，他們不時低語，似乎在交代工作，然後小林就到化妝室附近，像是以防團員走丟般的當路標。

扣掉小朱一行四個人，其他幾乎都是情侶，一對一對。

拖著粉紅色 Kitty 行李箱的丸子頭女孩，嬌滴滴的在跟男友低語撒嬌，男友也是一副呵護備至的模樣，他們還穿情侶襯衫；另外一對嗓門就大了，戴著白色帽子的女孩，一看就知道個性外向，男友還愛鬥嘴，兩個人一直在說冷笑話。

然後還有兩組家庭客，一邊是一家五口，父母加上兩男一女，最大的小孩怎麼看都只是小學生，最小的女兒只怕才五、六歲，這麼小帶來吳哥窟，好像不甚妥當？另一邊是四口之家，兩個兒子都長得很高，不過也都還是小學年紀。季芮晨算過，加上領隊剛剛好二十人。

「領隊，請問一下，我們用完餐後是直接走行程，還是……」說話的是五口之家的爸爸，問話的語氣溫文儒雅，而且身上的襯衫是好料子，臉上掛著和藹可親的笑容，身邊三個孩子相當乖巧，跟在母親身邊。

「我們吃完飯後會先去飯店，中午的吳哥太熱了，我們等太陽沒那麼毒了再出去。」老林笑著解釋，其實出發前大家都做過功課了，正中午在吳哥裡觀光，真的太熱了！

所以幾乎所有的旅行團都會回飯店休息，等三點多再繼續行程，因此吳哥之旅其實相當悠閒愜意。

「好好！」爸爸連連點頭。

有小孩的家庭很容易有共同話題，兩個家庭的大人已經開始聊天，而孩子們更沒有什麼隔閡，年紀相仿，輕易的就玩在一起；情侶們囿在自己的世界中，才剛開始，大家都不甚熟稔。

反正四天三夜，這麼短的行程，最多也就點頭之交，季芮晨不很在意，她只是想到吳哥觀光，順便「學習」一下。

不過所謂隔閡其實很快的消失，因為餐廳是十人大圓桌，小朱他們坐定立刻拚命招手，吆喝著總是慢吞吞的季芮晨往這邊來。「小晨！這邊這邊！」

小朱為她留了一個位子，十人桌坐了五個位子，就會變成很尷尬的數字，不過因為有那五口之家，所以坐上去倒是剛剛好。

「來來來，菜在誰面前就先動，不要客氣啊！」媽媽溫婉的說著，一邊為孩子夾上空心菜。

事實上大家也沒有太客氣，出來玩誰還管一堆繁文縟節，餐廳彷彿等他們等得太久了，大家才坐定，所有的菜連同湯全數上桌，桌上滿滿的菜，根本不愁沒東西吃；季芮晨先倒了一整杯啤酒，吳哥的啤酒有夠淡，沒什麼味道，但那股沁涼還是解了熱。

「你們都是朋友啊，一起出來玩？」吃到中間，大家開始找話題聊了，由媽媽率先開口。

「我們四個是一起的，小晨自己一個人出來玩。」小朱指了指季芮晨。

「一個人啊！」媽媽果然亮了雙眼，好像隻身旅行是一件很奇怪的事。

「沒什麼差吧？」季芮晨聳了聳肩，「反正都是來看古文化的。」

「很獨立啊，不會說一定要有人陪才出國，很棒，我欣賞妳！」爸爸莫名其妙的稱讚起她來，「放心，一團這麼多人，大家都能照顧妳的。」

「謝謝啦，我可以照顧自己的。」季芮晨瞇起眼笑著說，「不過很高興可以認識大家喔！」

「我們是經由朋友介紹，說吳哥窟真的要來一趟，還幫我們推薦領隊呢！」媽媽語調裡難掩興奮，但突然閃了神，身邊的老公似乎踢了她一下，媽媽就噤了聲。

從季芮晨的角度看得清楚，但假裝沒看見，這沒她的事。

接下來的話題就是簡單的自我介紹，爸爸姓周，叫周樹紘，媽媽叫許依婷，三個孩子分別是周家楷、周家育及周宜萱。小朱和念憶也很大方，不過阿丹那對就冷淡得多，除了自介外，幾乎都選擇微笑以對，不太答腔。

這氣氛很怪，季芮晨自認觀察力敏銳，總覺得不太對勁。

不過其他人倒是熱絡，而且大家對當地菜餚的接受度都還滿高的，每盤菜都吃得精光，小孩子也不挑食。

「吃得還習慣嗎？」小林又湊上前，一桌桌問著。

「很飽！」小朱跟念憶簡直是異口同聲。

每個人見到小林都會眉開眼笑，因為他長得實在太討喜了！並不是他是丑角，而是英挺的外貌跟陽光般的笑容，小麥色的健康膚色加上肌肉，還有頎長高大的身材跟陽光男孩的活潑，任誰看了心情都會很好……扣除某些男生以外。

「那我們等等準備上車，先去旅館放行李，休息一下。」小林說話口齒清晰，而且聲調非常溫和。「大家可以先梳洗，嫌熱的人可以洗個澡。」

眾人你一言我一語的揹起包包準備上車，季芮晨趕緊再喝了一大口冰涼啤酒，這餐廳裡沒有空調，只有大電風扇吹著，送出來的依舊是層層熱浪。

「媽咪，我想吃冰淇淋！」小小的周宜萱撒嬌的說著，她的雙頰紅撲撲的。

「冰淇淋啊……剛吃飽，不能吃喔！」許依婷溫柔的笑著，「等一下有看到再買給妳吃。」

「我也要我也要！」老大老二聽見了，紛紛露出嘴饞的神情。

去上廁所的周樹紘踅回來，狐疑的蹙眉。「怎麼？」

「他們吵著要吃冰。」事實上是因為其他桌的客人手裡拿著冰淇淋，看來是這家餐廳賣的。

「咦？」周樹紘往旁邊看了一下，「好，爸爸買給你們吃。」

「耶！」三個孩子歡呼著，興奮的跟在父親後面，去尋找餐廳哪兒有在賣冰。

隔壁的四口之家不由得跟著望過去，他們一雙兒子也透露出期待，孩子當然也想吃冰。

「走了！」那家的爸爸卻嚴肅的推推兒子，「上車！」

當媽媽的沒有二話，尷尬的笑著拉過兩個兒子，這已經擺明了不可能買冰給他們吃，還是儘早離開比較好。

季芮晨呼了口氣起身，一家爸爸超溫和慷慨，另一家倒是比較嚴格，這兩家如果繼續玩在一起，還挺有趣的。

「哼！對自己孩子真好。」冷冷的聲音突然來自身後，季芮晨愣了一下，不由得回首瞥了一眼。

還端坐在位子上的阿丹跟阿土用不屑的神色說著，兩個人單肩揹起包包，冷然的望著正在為孩子買冰的周樹紘。

「他博愛嘛。」阿土說著，這口吻也不像是讚美。

季芮晨沒多問，她果然沒想錯，阿土這對情人對周樹紘一家子有意見……不過只是參加同一個旅行團，第一次見面，怎麼會有這種氛圍？

「車子來了喔！」小林探出頭，在餐廳裡吆喝著。

大家動作快了起來，買冰的趕緊結帳，阿土他們朝著季芮晨扔個笑容後，繞出桌邊往外走去，小朱也跟著探頭進來叫人，季芮晨微噘著嘴，心裡有種微妙的感覺。

叮……清脆的鈴鐺聲隱約在耳邊響起，季芮晨愣了一下，她驚訝的再次回首，她身後已經沒有任何人。

叮叮……鈴鈴……更明顯的鈴鐺音傳來，清脆悅耳，而且有股樂音自遠方悠揚，這讓她皺起眉，不停尋找音樂的來源。

「季小姐！」小林不知何時來到她身邊，「妳怎麼了？」

「咦……」季芮晨比了個噓，「你有聽見什麼嗎？一種音樂？」

「音樂？」小林蹙眉，直起身子往四周瞧瞧。「餐廳裡放的啊！」

「不是，是很像二胡那種樂器……」季芮晨很想仔細聽清楚，但那聲音忽遠忽近。

「先上車吧。」小林無奈的笑笑，這位季芮晨小姐動作總是慢半拍，看來他得盯緊一點。

「嗯，抱歉。」季芮晨搔了搔頭，她真的聽見了，鈴鐺聲、弦樂器，還有木琴或是三角鐵的聲音，非常特別的民俗樂曲。

加快腳步上了車，老林開始在車上簡單的介紹注意事項，然後便把棒子交給地陪，地陪是個華僑，說話當然有個腔調，但中文還算說得流利，是個近三十歲的男人，很活潑，叫做「小平哥」。

他很快的簡單介紹了吳哥，然後說起今天要去的唯一景點，洞里薩湖。

季芮晨一個人坐兩個人的位子，一台遊覽車有四十幾個位子，整團才二十人，所以位子很是鬆散。她望著窗外，很專心的想聽小平哥講解，可是不知道為什麼，意識就是越飄越遠……越飄……

『不能原諒。』

嗯？她勉強打起精神，小平哥說到哪裡了，為什麼突然加了這句不相關的話？

『絕對不原諒！』這聲音簡直是咬牙切齒了！

她不解的往前望去，卻在剎那間呆愣了。

明亮的陽光曾幾何時已經消失，遊覽車內灰黃一片，小平哥依然啪啦啪啦的講著，但是她幾乎聽不見他在說什麼……而走道上多了四張陌生的臉孔，她們頭破血流，或是滿臉是血，塞在窄小的走道上，忿忿的瞪著雙目。

『怎麼可以原諒……殺！殺了他！』

『讓他嘗到一模一樣的滋味，絕對不放過任何一人！』

『對，絕不放過任何一人！』

咚的一聲，有個人猛然坐到了季芮晨的身邊，黏膩的亂髮雖然覆蓋她的臉，但還是看得出她臉龐面目全非，因為她正幽幽望著她，用那張血肉模糊的臉。

『妳會支持我們吧？』那女人張嘴說著，嘴裡幾乎全是斷牙。

季芮晨瞪圓了雙眼，這是什麼？她呆望著眼前的女人無法動彈，那女人邊說還邊打顫，眼睛用力一擠，眼珠啵的被擠出來，她還得伸手盛接住自個兒的眼珠子。

剝囉剝囉的聲音不停，她顫顫巍巍的往下望去，看見的是女人身上的血不停湧出，漫在椅子上，流下她殘缺不堪的小腿，再往地板流去，因此季芮晨才能看見，這女人根本沒有腳板！

而站在走道上其他的「女人們」，此時此刻居然不約而同的回首望著她。

『妳，會支持我們吧？』幽幽的聲音異口同聲，全望著季芮晨。

不……她摀起嘴反胃嘔了起來，這些東西是哪裡來的？

嚇！季芮晨整個人只差沒跳起來，她跳開雙眼直起身子，整個人冷不防的就往前座狠狠撞下去。

「唔！」額頭沒撞上前頭的椅墊，反而先撞到了塑膠扶把，那悶匡一聲偏偏發出回音，連滔滔不絕的小平哥都停下來了。

隔個走道的情人們都圓了雙眼，趕緊往這邊望過來。「怎麼了嗎？」

哎……季芮晨撫著前額，痛死她了！坐在後面的小朱已經靈巧的一屁股坐到她身邊，憂心忡忡的望著她。「妳是怎樣，小晨？」

一瞬間成為車內焦點，季芮晨尷尬的撫著頭四處張望，哪有什麼噁心的鬼？現下陽光刺眼，車內通亮，每個人都拎著一雙眼，狐疑好奇的望著她，她、她是做白日夢了啦！

「沒……沒事。」她悶悶的說，尷尬得想挖個地洞躲。總不能說她睡著了做了惡夢，還醒得這麼明顯吧？

「欸……吳哥的遊覽車沒有要求繫安全帶，你們要小心一點！」小平哥呵呵的打起圓場來，「今天很早起床厚？剛吃飽就想睡了，人之常情、人之常情。」

「噗……」小朱不客氣的笑了起來，「妳睡著喔？」靠……妳可以不必說這麼大聲嘛！季芮晨羞窘的瞥了小朱一眼，那尷尬的神情讓小朱笑得更誇張了。

「剛剛又沒煞車，妳這樣撞很可怕耶！」小朱使勁往她肩上一拍，「我看我看……」

「不、不必啦！」季芮晨很想拒絕，但是小朱已經把她的頭抬起來，往額上探看了。

結果她額頭疼得要命，從小朱的眼神中倒是沒讀到好消息。「腫起來了耶！妳好誇張，睡覺睡到撞上去。」

「我做惡夢啦！」季芮晨沒好氣的說著，面對一車的竊笑聲，她也認了。

「哇塞，才一下下妳就睡著又做夢，好強！」小朱揉揉發紅的地方，季芮晨嘶了聲。

「我有帶紫草膏，妳抹一下。」

「沒關係，我自己有。」季芮晨趕緊婉拒，現下最重要的是要趕緊轉移大家的注意力啦！

「小姐做惡夢啊，是因為太熱嗎？」小平哥咯咯笑了起來，車上因為他的大笑，也跟著大笑起來。「要不要說說，我幫妳解夢。」

「解夢咧……」季芮晨沒好氣的垂下雙肩，真是夠了，她沒興趣變成焦點啦！

「小平哥會解夢啊！」這話題永遠引起女生的興趣，大家雙眼都亮了起來。「好厲害喔！」

「小晨說說看吧！」小朱跟著起鬨，季芮晨只想找地洞鑽下去。聽地陪講解聽到睡著已經很糟了，她還在短時間做了個夢，現在又要說出來讓人家解夢……這未免也太不尊重了啦！

「略有研究而已。」小平哥謙虛的說：「小姐記得夢境嗎？」

嘖！季芮晨露出一臉哀怨，深吸了一口氣。「是惡夢，說出來很嚇人。」

「人家說惡夢都跟現實相反，說不定是好預兆。」小林也跟著應和。

一車都期待的望著她，季芮晨咬了咬唇，總覺得那夢境說出來很駭人。

「我夢到鬼，渾身是血的女鬼，其他就記不太清楚了。」她避開了夢境發生在車上，免得引起不必要的惶恐。

果然大家驚呼一聲，鬼耶！還渾身是血，難怪是惡夢。

小平哥皺起眉，似乎沒辦法對這過短的夢境有個說法。季芮晨趕緊搖手說別解了，因為夢境不完全也很難解釋；老林立刻出來打圓場，現場有小孩子，總是不宜再說。

「什麼鬼啊？」結果一下車，好奇的人還是追上來了。「好炫喔！」

除了小朱一掛，還有另兩對情侶也好奇的湊過來。

在車上時大家有聊過，可愛女孩叫鍾岱珈，男友是謝宇宸；大剌剌的兇悍女生是賴眉宇，男友叫張銘偉。

「什麼啦，就只是夢，你們幹嘛那麼好奇？」季芮晨皺起眉。

「說說嘛，我最愛看恐怖小說了。」阿土也興致勃勃。

「我夢到有女鬼在我們的車上，每個都很可怕……」季芮晨下意識摀著心口，「血肉模糊不說，而且感覺怨氣沖天。」

這話一出，圍著她的人倒是安靜下來。

「我們……的車上？」小朱一字字重複著。

季芮晨點了點頭，所以她才不想說。

「哇塞，好逼真。」阿土吁了口氣，「小晨，妳是……敏感體質嗎？」

「我？我才不是，我可是有 Lucky Girl 之稱耶！」季芮晨嘟起了嘴，「我這輩子逢凶化吉、化險為夷的事多著呢，才不是什麼陰陽眼或是敏感體質。」

「那就沒趣了，真的只是夢。」阿土雙手一攤，還一臉哀怨的掠過季芮晨往前走去。

「喂，你還希望是真的啊！」阿丹笑吟吟的，被拉著手往前小跑著。

旅館人員禮貌的跟大家說下午好，接著大家就坐在大廳沙發等老林 check-in、分發房間鑰匙。季芮晨雖然一人出遊，但是她已經加了房價，一人住一間房，也不造成別人困擾。

旅館人員端出迎賓酒請大家先喝，小林忙著招呼，季芮晨則四處晃盪，一直到大廳邊的一座木雕前停下了腳步。

那是一座女人的木雕，身披彩帶，頭頂冠冕，雙手合十，體型相當婀娜；事實上一路上看到很多這樣的雕像，看來也是吳哥的特色。

季芮晨拍了幾張雕像的照片，還湊到下方仰拍了張特寫，木雕的五官看起來相當溫柔，還鑲著淡雅的微笑。

喀嚓喀嚓，季芮晨使用連拍，一連拍下許多張照片。

一直到她留意到螢幕上的木雕發生變化為止！

那木雕雙眼輕啟，若有似無的瞥了她一眼，雕像沒有眼白，但睜眼的動作明顯，她不至於傻到沒瞧見。

什麼東西！季芮晨的手僵住了，她敬畏的凝視著木雕，下意識的後退一步、再一步。眼前的雕像依然闔眼輕哂，她不知道怎麼回事，可是現在她再也不敢往前踏出一步。

連連後退，她轉個彎避開那雕像，卻赫然發現大廳裡處處是神像，有木雕、有浮雕，根本充斥整間大廳，不愧是宗教國家。終於找到電梯旁的空隙，電梯正對面的牆上又掛有一幅橫式木雕，上頭密密麻麻的都是人，以中間為界分為兩側，像是在拔河一般的奮力。中間像是個神明，看起來指揮若定。

季芮晨靠著牆低首，猶豫的望著相機，最後還是舉起來開始查看相片，剛剛至少十幾連拍，她是否眼花，從相片就可得知一二。

倒數，一張又一張的切換著，她每一下都按得緩慢，深怕太快只是自己嚇自己。

但是當她從照片裡清楚看見那木雕雙眼緩緩睜開，裡頭一顆木瞳仁直瞅著她時，季芮晨當場凝住呼吸，差點沒把相機摔了！

那個木雕真的睜眼了！

「季小姐！」小林端著酒過來。

「哇啊！」季芮晨嚇出一聲石破天驚的尖叫聲，相機直接飛離手上。

「啊啊——」小林眼明手快的拉住相機繩子，手上的迎賓酒灑濺出來，所幸沒有潑到相機。

但大廳裡所有人都沉默下來，因為季芮晨那聲尖叫太驚人了。

她慘白著一張臉，瞪圓雙眼望著小林。

「對……對不起，我嚇到妳了。」小林立刻道歉，他知道自己冷不防的出聲嚇到了她。

「我不是故意的。」

「小晨？」小朱忙不迭的跑過來，「怎麼了？」

她趕緊幫忙接過相機，因為小林被嚇得不敢輕舉妄動，加上右手都是酒，也不好再碰觸相機。

「她正專心看照片，我突然出聲把她嚇到了。」小林一臉愧疚，「對不起、對不起。」

「沒……沒關係，是我太專心了。」季芮晨驚魂未定，她還沒有回過神。

「好了好了，沒事沒事。」小平哥趕緊過來，讓小林去洗手。「相機不要緊吧？」

小朱檢查了一下，搖了搖頭，季芮晨讓全團人都短時間內記住她了，坐在沙發上的兩個家庭望著她，交頭接耳的輕笑，像是笑這個女孩總是大驚小怪，或是多有驚人之舉。

「妳嚇死人了啦！」小朱沒好氣的拿起相機，「看照片也能看得這麼專心。」

「我才被嚇死了。」季芮晨喃喃自語，「……小朱，妳看一下我拍的好嗎？」

「嗯？」小朱狐疑皺眉，低首望著。「喔，外面那個木雕喔，怎麼樣嗎？」

瞧小朱來來回回按了幾次，怎麼一點異狀也沒有？季芮晨咬唇趕緊接回相機，她再鼓起勇氣仔細端詳一次，居然怎麼看都是闔眼的木雕！

「小朱！鑰匙拿到嘍！」念憶吆喝著，小朱立刻過去。

「怎麼……」季芮晨深吸了一口氣，沒有開眼照？

「怎麼了嗎？」小平哥還沒走，小林也踅回來。「妳的臉色怎麼這麼難看？」

「我剛剛……」季芮晨又看了一眼相機裡的照片，「明明看見它睜開眼睛的！」

「睜開眼睛？」小林湊了過來，「什麼睜開眼睛……這不是外面的女神雕像嗎？」

「妳說女神雕像？」這緊張的聲線，來自站在他們面前的小平哥。

季芮晨滿腦子混亂的抬首，才注意到小平哥緊繃的神色。

「嗯……我剛剛……噯，這樣說好像怪力亂神，我又不是陰陽眼。」她繼續自言自語，「可是我明明看見它眼睛睜開了！」

小林倒抽了一口氣，瞪著相機又瞪著她。「木雕……睜開眼睛？」

這驚呼聲太大，拿到鑰匙往電梯聚集的團員幾乎都聽見了。

季芮晨僵硬的站在原地，慌忙收起相機，隨意擺了擺手，直說沒事眼花了，還順道幫大家按了一下電梯鈕。

不過來不及了，許多人都聽見了，開始用詭異的眼神盯著季芮晨瞧。

她嘖了一聲衝出人群，往老林那邊去，她的鑰匙還沒領咧！

「妳很活寶耶！」老林笑吟吟的看著她，「又有什麼事了？」

「沒事。」她轉了轉眼珠子，誰活寶啊！

「三點半大廳集合喔！」老林不忘交代，想也知道她應該根本都沒在聽。「我房號是1041，等會兒進房間先檢查房間有沒有問題！」

季芮晨點點頭，回身又不經意瞧見那木雕，微抿著唇，忍不住嘆了口氣。而小平哥與她擦身而過，她沒有注意到，他的臉色比她更加慘白。

# 第二章

吳哥的飯店房間非常的大，寬敞舒適，兩個人住都不嫌窄，更別說一個人獨自一個房間了。

拿到行李的季芮晨，先簡單的把易皺的衣服拿出來掛好，接著洗了把臉，原本想小憩一下，但剛剛發生了那樣的事，她實在很難睡得著。

靜下心來豎耳傾聽，明明該有些什麼聲響，但現在房裡卻寂靜得過分。為什麼看見奇怪的異狀？為什麼會夢到鬼，又看見木雕睜眼？現在更別說，她知道房間裡不只她一人。

她一直都知道。

吳哥是「文明古國」，「古」這個字代表很多意思，除了歷史悠久外，還有古物很多，往生者也不少，吳哥之行就是參觀大小古蹟，又稱為陵墓，她原本就知道會遇到一些東西，但是不怎麼在意。

從小到大，她早就對「異狀」習以為常，因為耳邊總是吱吱喳喳的吵死人，但託夢給她後反而鴉雀無聲，讓她覺得更加不對勁。

不過裝死也是她的強項之一，要是真的在乎那些飄來鑽去的魍魎鬼魅，那她還要不要生活啊！

她不是世人所謂的「陰陽眼」，也不會動不動就看得見靈體鬼魅，但是她可以清楚的聽見他們「說話」。有的鬼願意讓她瞧見時，自然能看得清楚，有的則是虛無縹緲，像是炎夏車陣中扭曲了視線的熱氣，模模糊糊的鬼就像那些熱氣，她可以看到有東西在那兒，卻瞧不清模樣。

有怨的、有恨的，帶有戾氣的就比較討人厭，他們擁有較大的力量，可以選擇是否讓她瞧見，通常這類都會特別喜歡現身，而且是以嚇死人的方式：例如洗澡洗到一半從蓮蓬頭沖下來，或是泡澡泡得正開心，硬要從水裡倏地以駭人面目竄起，或是打開衣櫃時就卡在那兒，用噁心的模樣朝她咆哮。

怕？她當然會怕，也被嚇得屁滾尿流過，但俗話說得好，習慣成自然，她被嚇一次會休克、被嚇第二次會暈倒，但如果被嚇二十年呢？會麻木。

偶爾還是會被嚇得驚聲尖叫，但那就跟調皮的孩子突然從後面「哇」一聲嚇人般，只是被「突如其來」嚇著，並不是被那可怕的姿態。

更別說，聲音比影像來得快多了，在那些傢伙意圖現身前，她早就能聽見動靜。喋喋不休的抱怨、冤氣、悲鳴與咆哮，鎮日充斥在她的耳邊；不過抵達吳哥後，幾乎就沒有再聽見孤魂野鬼的抱怨聲，但是卻多了奇異的樂音，相比之下悅耳得多。

她原本還以為出了國可以清靜些，結果卻不是這麼回事。

電鈴聲忽而響起，伴隨著叩門聲，門外傳來老林的聲音，要來確認房間有沒有問題，季芮晨開了門，小林也跟在一旁實習。

「房間有沒有問題？」老林走了進來，小林則到浴室去扭開每個水龍頭，確認是否有水、熱水是否正常供應。

「燈都會亮，空調也OK。」季芮晨只有開燈跟開冷氣，檢查床單是否乾淨而已，沒有其他動作。

就見老小二林標準的做著動作，季芮晨靠在門邊等待，門旁就是廁所，小林確認有熱水後，滿意的點了點頭。

「好了，休息一下，三點半大廳集合喔！」老林檢查完畢，熟練的朝季芮晨笑笑，拉開門往外走。「小林！」

「好，就來！」小林趕緊跟上，但臨出門前，回身看了季芮晨一眼。「欸。」

嗯？他伸出手，手呈握拳狀，像是藏著個東西在掌心般。季芮晨狐疑的承接，從小林手裡落下的是個平安符，各大廟宇均見。

「這是……」她圓了雙眼，有點錯愕。

「妳就戴著吧，保平安的。」小林認真的說著，「我覺得妳滿需要的。」

季芮晨失聲而笑，眨了眨眼。「因為我做那個夢又看見奇怪木雕？」

「哎，戴著又不會少塊肉。」小林有點焦急，「以防萬一總是好。」

他邊說，邊走出房間，把門帶上。

季芮晨手裡握著護身符，淺淺笑著，露出點無奈神色，旋身往大床走去，順手將平安符擱梳妝台上。

她需要這個東西嗎？事實上，認識她的人都稱她為「Lucky Girl」，從以前到現在，發生在她周邊的事，那可是多到不可勝數，但每一次她都能化險為夷，全身而退。

也因此她不進廟宇不燒香不拜拜，因為她知道自己總能平安脫險。為什麼？多數是因為命運，也因為總是圍著她囉唆的魍魎鬼魅。

第一次的大事發生在幼稚園，校外教學時遇上遊覽車翻覆，她只記得原本還在吃乖乖，下一秒就天旋地轉，耳邊傳來同學的尖叫聲，不過她醒來時已經在醫院了，爸爸媽媽憂心忡忡的望著她，結果她只有額頭擦傷。

那場意外後她轉了班，因為班上的同學幾乎罹難，活下來的同學全都重傷，必須進行復健治療，能繼續上學的只有她；她當時不懂，可是每個人都說她命大，是奇蹟般的生還者。

第二次的重大事件是在遊樂園，大約是小學五年級時的校外教學，上雲霄飛車時她突然聽見有鬼在嬉笑，說著期待拉走一排替死鬼，她想要離開已經來不及，機器啟動，甩到一半，外側護欄居然彈開，整排座椅跟著往外脫離，那時她聽見數量龐大的笑聲喊著：『用力拉！用力拉！』

她伸手抓住搖晃開闔的護欄欄杆，連腳都勾上，鬆開自己的安全帶，然後看著那排座椅連同她最要好的同學，自高處甩飛出去——雲霄飛車緊急煞住，她扣在護欄上動彈不得，尖叫聲不絕於耳，只能俯瞰著碎成無數塊的座椅躺在地面上，還有無數塊的同學們。

只有她撿回一命。

人生中還有數不清的小事不足掛齒，例如酒駕駕駛直衝而來，她聽見馬路上的地縛靈在歡呼，所以決定回頭去買豆漿，才踅回兩步，車子從她耳邊擦過，撞上了上學隊伍，硬生生輾過好幾個學童跟老師。

或是颱風天她外出買東西，有鬼魅們在路邊看戲，開賭盤猜測招牌從天而降時會壓死幾個人，她聽見時其實已經來不及，招牌從天而降，但偏偏就是剛好閃過她；大學夜遊時天雨路滑，在一個急彎前，她看見模糊的鬼影在招手，聽見鬼魅們討論今晚能收穫多少人，幾乎符合了車隊的人數。

當聽見「下個彎道」時，她央求學長停車，但沒有被採納，最後在尖叫聲中她選擇鬆開雙手，緊接著一股力量衝撞過來，將她從後座撞了出去。

當她醒來時，只有她一個人趴在冰冷濕透的路上，其他同學都不見了，隻身站在漆黑的馬路上呼救無人，直到有來車經過攔下，後來才知道車隊因為煞車不及，已經全數衝出高台。

那次是她傷勢最嚴重的一次，雙腳都破皮流血，可依然沒傷到筋骨。

某方面而言，她真的很幸運，天大的事都能化險為夷，然而遺憾的是，只有她這麼幸運，所以她從小到大，一直在參加葬禮，一直在送同學、送老師、送朋友離開。

直到送走自己的父母。

自小圍繞著她的靈體源源不絕，他們的殘忍、警告或是嘲笑，都能成為她最強的護身符，季芮晨嘆了口氣，她不是不感恩上天眷顧，但如果也能澤被其他人就更好了，而不是每一次危急存亡之秋，都只夠自救。

只有她一個人的 Lucky，其實有時候是一種悲哀。

而也有從小陪她長大的鬼告訴她，很多事不能輕易改變，命該絕的人就是該絕，她不能輕易干預，因為說不定她今天幫了某個人，反而多害死十個人，這就是天命。

所以她也就釋懷了，多想無益，如果她天生就是比較幸運，也只不過是時候未到。她討厭思考太複雜的事，麻煩！

「有話請說。」季芮晨突然自言自語的開口，但是她知道，房間不只她一個人。

坐在床上的她，剛好可以望見眼前梳妝台的鏡子，表面上偌大的房裡就只有她一人，但是從抵達吳哥開始，就有一連串讓她不安的狀況發生，最不安的，應該是那些像是從台灣一路跟過來的鬼魅了。

糟糕的是，她跟她們不熟，她最討厭這樣。季芮晨緊閉上雙眼等待回應，照理說總該說個一兩句話表示禮貌吧？但是卻什麼都沒有，直到她聽見水聲。

往右手邊的浴室望去，開著燈的浴室門口有東西在不停晃動，映在牆上的燈光顯得閃爍。

「真的別鬧了！」她抱怨著，「我沒招惹誰，你們別找我麻煩，行嗎？」

起了身，她雙手扠腰，打算往浴室走，不經意瞥見扔在梳妝台的護身符，跟平常宮廟的長得一樣，紅繩上繫著塑膠套，塑膠套裡放著符跟觀世音的圖樣，她歪著頭思忖幾秒，小林說的對，戴上去又不會少塊肉。

就著頸子戴上去，再把護身符塞進衣服裡，貼觸到肌膚的瞬間，她居然感受到一股熱燙，嚇了她一大跳——怪了，塑膠袋應該要冰冰的啊，怎麼會熱成這樣！

她趕緊抽出護身符，握在手上感受，此時此刻又變成一股冰涼。

「搞什麼……」季芮晨緊皺眉心，覺得自己心浮氣躁。

深吸了一口氣後，疾步衝到浴室門口，心裡想的是，有什麼事都出來解決清楚。通常那些鬼只要知道她聽得見，都會說個沒完，鬼不怕口渴，可以說上三天三夜……依她的情況來說，她哪會相信平生不做虧心事，夜半不怕鬼敲門？

因為他們誰會敲門啦！

走進浴室，沒有鬼影，但有些模模糊糊的影子扭曲了空氣，季芮晨假裝看不見，往水聲的方向望去；她的洗臉台曾幾何時蓄滿了水，季芮晨歪著頭望向那盆水，自然不是她蓄的，小林剛剛也確實把水龍頭關上了。

季芮晨從容的站到洗臉盆前，壓下排水桿，把水放掉。

排水桿往下一壓，出水口立現，但是……盆子裡的水卻完全沒有減少。

這讓季芮晨皺眉，眼睛離不開那水盆，這是什麼意思？誰想說些什麼嗎？

緊接著，無動於衷的水居然開始泛起波紋，而且似是怒海翻騰般的洶湧，甚至激濺出了洗臉盆！這讓季芮晨往後退了幾步，她可不想濺濕衣服，看著洗臉盆裡像是造浪般的翻湧，她忍不住鼓起腮幫子。

「喂喂，拜託一下，我是來度假的耶！」她緊揪著衣服，「有冤報冤，有仇報仇，其他都不關我的事啦！去去去！」

她極其認真的說著，靈活的眼珠子轉了又轉，期待聽到一點回應。

『痛……好痛啊……』幽幽的聲音從耳畔響起，『我真的好痛……』

痛？她咬著唇，如果對方可以再說得更明白些會比較好。

單憑徵兆她能猜到的事不多，通常得藉由話很多的鬼才能略知一二。

每一次的大事，回憶起來都會有些許徵兆：幼稚園翻車前，窗外有聲音在說用力推；在雲霄飛車安全人員檢查護欄時，她曾經閃神看見護攔飛開的幻象；緊抱學長的腰，在山路上馳騁時，耳邊傳來莫名其妙的煞車聲，在黑夜的樹林裡一陣一陣回響。

「就算痛我也幫不了妳，我不幫忙的，你們一人一句我都要幫的話，我都不必生活了。」季芮晨站在鏡前，認真的對著自己說，事實上是在對同處一室的傢伙說話。「只希望你們理智點，不要濫傷無辜，我是出來玩加實習的，別鬧我。」

她聳了聳肩，眼珠子轉呀轉的，卻再也沒有聽到說話的聲音，可是眼下那整盆排不出去的水，卻滲出了鮮紅色，像是有血滴入了水裡，緩緩的漫開來。

憑空而現的紅色越來越多，終至染紅了整盆水，此時水卻開始退去，順著出水口如漩渦般的轉動，還發出某種類似嗚咽的聲音。

『嗚……嗚嗚嗚……』那像是一種悲鳴，從水管裡竄了上來。

幾秒鐘後，沒有紅水、沒有排不去的水盆，只有乾淨的浴室，連那喊著痛的女人聲音也不見了。

「我突然有點想念Martarita了。」她咕噥著，Martarita是從小跟在她身邊的女鬼之一，超級辣，是西班牙人。

確定再也接收不到另一個世界的聲音，她走出浴室，開始把所有東西都拿出來擺好，這房間要住三個晚上，東西可以隨便亂扔。

鈴——電話聲猛然響起，又嚇了季芮晨一大跳，她掩嘴驚叫，瞪向房間裡的電話，這時候打電話來是要嚇死人嗎？

隨意看一下腕間手錶，離三點半差一點點，現在就在通知，是怕人睡過頭嗎？

呼，她一屁股坐上床，順手將電話接起。

「Hello？」

『妳……會支持我們吧？』陰森的聲音自話筒那端不疾不徐的說著，『站在我們……這……一……邊……』

季芮晨全身都僵住了。

她不知道該把話筒掛回去還是持續拿著，她只知道全身血液彷彿凍住般，在這空蕩的房裡，莫名響起的電話用國語跟她說著話，她知道那是對著她說的。

顫顫巍巍的望向正前方的鏡子，鏡子裡映著她與手裡握著的米白色話筒，鮮血從孔洞中滲出，噗嚕噗嚕的湧出，滑過她的手。

「你們可以直接用說的……」她鎮靜的笑了起來，「但是我從來不站在誰那一邊，因為這跟我沒關係啊！」

季芮晨邊說，把左手緊握著的護身符往話筒一壓——『呀——』

清楚而淒厲的尖叫聲從話筒那端傳來，季芮晨頓時鬆開了手，話筒立刻咚的往地上砸去。

這瞬間季芮晨突然明白，剛剛不是她過度僵硬，而是話筒根本黏著她的雙手不願離開！

躺在地毯上的話筒狀似無辜的望著她，沒有鮮血，傳來的只有嘟嘟嘟的聲音，季芮晨再往鏡裡望了一次，她打算換個房間，試試到底是房間有問題，還是她有問題。

或是那些魍魎鬼魅有問題。

彎身拾起話筒，她使勁掛了回去，嘴裡喃喃唸著不要來煩她，她跟他們之間不會有任何關係，也不選擇站什麼哪一邊。她是因為也想考導遊當領隊，所以趁出國時仔細觀察領隊的工作，當做小小實習，她得花心思在玩樂跟觀察上，拜託有的沒的別來找她！

「簡直莫名其妙！」她煩心的叨唸著，看著那話筒再度響起。

這次是三點半，櫃檯人員親切的說著「Good afternoon」，她嘆口氣後掛上，火速的來到衣櫃前，把裡頭的衣服扔回行李箱，盥洗用具收起來，等等到樓下跟老林說聲，她要換房間。

這是邊間，傳說中不好的位置，一定搞錯了。

無奈的走出房間，隔壁房的小朱他們也高談闊論的走出來，相較於她，其他人氣氛好多了。

「小晨，妳住在最後一間喔？」小朱顯得很興奮，「妳知道嗎？我們跟阿丹他們的房間是連通的喔！」

「連通的？」

「對呀，我們兩間房中間有道門可以互通呢！」阿丹也喜孜孜的，「走來走去超方便。」

「大概老林安排的，想說你們是好朋友，這樣子方便。」季芮晨微微一笑，總覺得肩頭好重。「他還滿貼心的。」

「我比較喜歡小林。」小朱圓著雙眼說得直白，「好可愛！」

「我也這麼覺得耶！」念憶難得出聲，也笑得靦腆。「身材好好，人又很帥！」

「幸好還有個小林可以養眼用。」阿丹連連點頭，隔壁的阿土沒好氣的按下電梯。

「妳……」念憶忽然歪頭瞅著季芮晨，「臉色不太好看，身體還好嗎？」

「咦？還好還好。」季芮晨愣了一下，她臉色變差了嗎？「只是還有點累。」

「剛剛沒睡？」小朱還湊近察看她腫起來的前額。

季芮晨搖了搖頭，她哪有時間睡啊？都還沒搞清楚奇怪的鬼魅到底是哪來的，她沒辦法全然安心，而且比起莫名的「靈體」，她更怕的是洗臉台那些是否又代表什麼「前兆」？她很討厭前兆，也受夠了。

抵達一樓，季芮晨率先去找老林商量換房間的事，她不拿別的當理由，就是說不喜歡那間，能不能換間明亮點的，靠近電梯也無所謂；小平哥立刻幫忙溝通，很幸運的這間飯店並沒有全滿，櫃檯確定了房間，稍晚就幫她把行李移過去。

「怎麼突然想換房間？」小林突然又出現了。

「不喜歡。」她淡淡的回著。

小林謹慎的瞥了一眼她的頸子，瞧見紅繩。「妳有看到什麼嗎？」

季芮晨頓了一頓，回首瞥了他一眼，眼神堅定的交會了數秒後，擠出一絲無所謂的笑容。「不喜歡而已，別想太多。」

「噢！」小林點了點頭，卻還是趨前一步。「有發生什麼事的話，記得來跟我說。」

「跟你說——」季芮晨莞爾一笑，「你能解決？」

「欸……」小林愣了一下，很為難的皺眉。「要看什麼事嘛。」

呿！季芮晨戲謔的推了他一把，輕快的上了車，坐在最前面的五口之家跟四口之家分坐兩邊，好幾雙眼睛都瞅著她不放，笑吟吟的，卻沒有太多善意。

「妳沒事了吧？」許依婷親切的問。

「我？我有什麼事？」她狐疑挑眉。

「沒有……總覺得妳心神不寧的，想說有沒有再做惡夢？」

季芮晨沒好氣的扁了嘴，這問候老實說很多餘，聽不出來是故意調侃她，還是真的關心，但是從許依婷的眼神她讀不到太多善意，小孩子們也是意有所指的望著她笑，好像她是怪胎似的。

「我要是再做惡夢一定跟妳說。」季芮晨挑了挑眉，「像是又夢到惡鬼啦，或是什麼分屍案……」

「欸——」許依婷連忙摀住么女的耳朵，季芮晨則輕快的往前走，吐了吐舌，不是很愛問嗎？

四口之家的父親叫李文皓，他皺著眉瞪她一眼，坐在他後面的賴眉宇這一對，卻偷偷對她豎起了大拇指，幾個人在竊笑，季芮晨倒不以為意的坐回位子，後頭的小朱一隻手攀了過來。「怎樣？前面多嘴喔？」

「我不知道，我太顯眼了。」季芮晨聳了聳肩，雖然她自認沒吵到誰。怎麼覺得現在人鬼都對她有意見，她真的想不到原因何在。

其他人也過來小聲的問一下，她都搖首說沒事，小朱聳了聳肩，拿起灰色透明水壺喝著水，這裡實在太熱了！不過季芮晨注意到她的水不是透明的，很是好奇。

「那什麼？」她指了指水壺，「茶包嗎？」

「嘿，減肥茶。」小朱神秘的笑了起來，「來這邊這麼熱又這麼操，應該可以幫助減肥。」

念憶也揚了揚手裡的水壺，一樣的淺褐色。哇咧！她們的身材一點都不差啊，還要減肥喔！

「好了，出發嚕！」老林在前頭喊著。

車子緩緩出發，今天行程就一個，先去孕育柬埔寨的洞里薩湖，也是世界第二大淡水湖。

洞里薩湖可謂是柬埔寨的母湖，吃喝拉撒睡都在這兒，有水上加油站、水上教堂、水上修理站，連學校都是水上學校，而且這裡生產的魚不但足以供應全國，還能夠外銷，非常的富足。

當一行人下車時，看見的是黃濁的河水跟在河上一間一間簡單的竹屋或草屋，小平哥卻說現在水質算是乾淨的呢，因為正值雨季，如果是旱季，水更少也更渾濁。

這個湖上都是水上人家，真的住在水上，一艘船就是個家，從外在條件看去，看得出來柬埔寨人民生活的水準真的很不好。

在小平哥的引導下，大家陸續上船，船都是中等大小，足夠一團人坐進去，有屋簷可以擋雨遮陽，船東的孩子很小，用學來的國語叫大家小心頭，船家則拉著大家小心的進船，兩兩坐在一起，是窄了些，但伸展還算足夠。

她身邊空著，位置剛剛好二十個，小林就坐到她身邊來。

船在湖上奔馳著，小平哥開始講解一路上看過去的景色，每當船經過時，會引起不小的浪，那一區的水上人家就會隨著水高低起伏，所以家家戶戶都用繩子相互綁著。

季芮晨不停的拍照，這真的是奇景，即使是在湖上，卻還有交通號誌跟廣告，它們都插在沙洲上，那些沙洲在乾季時會存在，雨季時便被淹去，更有許多建在沙洲上的住戶會舉家遷走，否則會被水淹沒。

一路望去都是高腳屋，小平哥說搬家很簡單，找幾個壯漢，抱住四根柱子，嘿咻的把家整個舉起抬走，再安插在新位置就好了。

洞里薩湖真的一望無際，船在湖上行駛，附近也有許多小船緊緊跟著，季芮晨往旁邊瞧著，簡單的小船上裝個馬達就能使用，而船上幾乎清一色都是小孩。

「那是什麼？」賴眉宇不禁指著靠近的一艘船問，因為那船上有個小女孩，身上掛著一條活生生的巨蟒。

「蛇耶！哇——」鍾岱珈看見蛇，立刻引起船內一陣慌亂。

「不要站起來！小心喔！」小平哥連忙說著，「他們這是在表演，柬埔寨的家庭通常都生十到十二個孩子，所以從小就要出來賺錢……那個女孩子拿著蛇跟你們打招呼，等等大一點的就會上船來跟你們要錢。」

「咦？」周樹紘立刻正色，「要錢？不能阻止他們上船嗎？」

「呵呵，都是認識的，船家不可能這麼做……你們要不要給看個人，沒有一定的。」小平哥才說著，就見小船駛近，一駛近，船艙內又是一陣驚叫聲，季芮晨抓緊相機拍攝拿著巨蟒跟大家揮手的小女孩。

才四、五歲，眼底不知世事，小手撐著巨蟒的頭，不停的朝他們揮手。

而船上年紀稍長的——也不過是七、八歲的小孩，突然俐落的跳上船來，船的兩側有十公分寬的窗簷可以踏，孩子就扣著木欄，一一的朝大家伸出手，用極標準的國語說著：「姊姊，一塊錢！一塊錢！Give me candy～糖果！」

那條蛇嚇得很多人花容失色，賴眉宇手忙腳亂的塞了一塊美金給那小孩，巴不得他們快點走，可是孩子知道有人會給錢就等於嘗到了甜頭，哪可能輕易離開！

「不能叫他們走嗎？」周樹紘突然擰起眉，對著孩子揮手。「Go！Get out！」

那孩子緊抓著欄杆，有些戒慎恐懼的望著周樹紘，但是他們「很守規矩」的不踏進船艙，只攀在船緣邊要錢，周樹紘的驅趕只是讓他們不靠近他們家而已，依然找別的乘客們下手。

「走開！」李文皓也威武起來，像是在防禦敵人一般的保護家人，對抗一個應該不滿八歲的小孩子。

季芮晨有點莞爾，這些孩子每天見多少觀光客，多少都會看人臉色，剛剛朝她伸手時她搖了搖頭，也就沒再纏了，倒也沒必要兇神惡煞般的對待他們。

他們應該只知道來要錢能生活，或是要到糖吃很開心，又不是為惡。

「別這樣，他們不會進來的。」小平哥也溫和的說著，誰叫周樹紘已經站起，彷彿想把孩子推下船的樣子。

時間差不多了，那載著蟒蛇女孩的船再度駛近，駕船的是年紀更長的孩子，他仔細計算著距離，當船靠近到一個距離後，小男孩施展輕功般，俐落的跳回船上，掌舵的加速離開，那看似隨時會翻的小船，卻穩當加蛇行的揚長而去，找下一艘金主。

「真是的，這都沒管制的嗎？」周樹紘氣急敗壞的說著，「今天這群孩子會這樣要錢要糖，就表示觀光客很多人都是順著他們，讓他們認為要就有！」

這話拐了個彎，在說給錢的人了。

「我喜歡給他們不行嗎？我覺得他們很可憐，再說一塊美金又不是什麼大錢。」賴眉宇不悅的出了聲。

「但妳要想到別人啊！就因為妳給了，那個孩子就不肯走了！」還沒完，周樹紘直接教訓起女孩子來。

「喂！你什麼意思？你不高興給可以不要給，但憑什麼管我們？小平哥也說了孩子不會進到船裡來，揹著蛇的遠遠的在船上，你是在怕什麼？」張銘偉立刻不平的幫女友出聲，「對一個才幾歲的小孩這樣，你平常那副慈善的嘴臉到哪裡去了？」

咦？季芮晨眨了眨眼，什麼什麼？

她嗅到了奇怪的味道，平常那副慈善的嘴臉？咦，這對情人認識周樹紘？

「裝模作樣吧！」阿丹立刻接話，「不是很大愛嗎？我看你剛剛巴不得把那個小孩推下水！」

「錄下來了嗎？」阿土跟著答腔，「剛剛那嘴臉多嚇人！」

「我還以為你是慈悲為懷咧，結果跟一個小孩子計較！」念憶冷哼一聲，涼涼的望著外頭的湖面。

季芮晨可是越聽越迷糊了，怎麼大家好像都把矛頭指向周樹紘似的？

「欸，大家怎麼了？別為這種小事吵架啊！」老林急忙出聲，「周先生，這是這邊特有的情況，等等到每個景點，都有小孩大軍會湧上，你每個都這樣趕也是趕不走的啦！」

「是啊，要買不買各自決定，孩子們不能上船，這是跟船家的基本約定，其他人不給就算了。」小平哥也打著圓場，「大家都心平氣和，沒什麼大事的。」

周樹紘一臉怒容的坐了下來，妻子在一旁安撫，季芮晨的好奇心被勾起，她好想問到底是怎麼回事，為什麼大家都一副認識周先生的樣子？

小平哥繼續介紹，但船內氣氛變得很糟，阿丹跟阿土露出愉悅的笑容，像是那樣嗆周樹紘覺得很滿足似的。

「妳不知道啊？」坐在一旁的小林果然看出她的疑惑了。

季芮晨搖了搖頭，「你知道？」

「拜託，妳沒在看新聞喔！」小林聲音壓得很低，指向了周樹紘。「他是電視上的名嘴啊！」

「咦？」季芮晨愣了一下，她是很少看新聞，可是是名嘴？她不至於不認識啊！「哪個？」

小林緊張的左顧右盼，然後指尖在自己掌心寫字，季芮晨忙不迭的伸出自己的手掌讓他寫，這樣看得清楚些。

一字一字，小林算是謹慎的寫著，四個筆劃很多的字，季芮晨輕聲的一一唸出：廢、死、聯、盟。

咦——季芮晨突然打了個寒顫，『妳會支持我們吧？』這語句瞬間閃過腦子。

『推——』尖聲嘶吼的聲音倏地自水裡傳來，季芮晨尚未反應，船突然晃了起來。

「怎麼？」大家有點不安的握著船緣的扶板，附近有艘船經過，小平哥要大家放心，可能是多艘船路過造成的浪頭。

季芮晨從腳底發寒，她想到洗臉盆裡的水，想到如漩渦般的嗚咽聲，還有紅色的——

『痛……嗚，好痛啊……』突然有聲音埋在水花裡，季芮晨立刻往外頭望去，激動的幾乎探出半身，看著渾濁的湖水。

「欸，妳做什麼！」小林趕緊拉住她，這女生好可怕！

「又來了！」許依婷抱怨般的說著，季芮晨像是不定時炸彈讓人厭煩。

季芮晨緊盯著湖水，在起伏的湖水裡，她瞧見……手，腐爛的手撐著船底，有半顆頭倏地竄上水面，瞬間又沉了下去，但是他們的手正扶著船，用力的推著。

「不……」季芮晨扣著船欄再往外看去，船底下不只一個，隨著水波的高低，那腐爛的手骨若隱若現。「不要！」

「小晨？」小朱緊張的喊著。

季芮晨大聲對著湖面喊著，一顆頭緩緩浮出，那女人幾乎沒有頭骨，沒有血色的腦子浮現，還有隻洞里薩湖的魚在腦腔裡掙扎跳躍。

『死……都去……死……』女人幽幽說著，噗嚕一聲又沉進湖裡，下一秒，船搖得更劇烈了！

「救生衣！把救生衣穿起來！」季芮晨暴吼出聲，慌亂的回身抓住小林。「有救生衣吧？」

「救……」小林還在錯愕，季芮晨彎身往椅子下探，立刻抓起救生衣，一把塞進小林懷裡。

「怎麼回事？」小平哥也起了身，他不明白這等慌亂是為——「哇啊——」

才想著，船突然一陣大震盪，連船夫都驚恐的大叫出聲。

船夫對著孩子們喊著急切的話語，下一秒回身對小平哥大吼，緊接著居然帶著兩個小孩撲通的跳進了湖裡。

這瞬間，船裡的人都傻了。

「穿救生衣啊！」季芮晨的驚吼聲打破了大家的怔怔，所有人在驚叫中拿出救生衣往身上套，但是船左右晃動得連坐都沒有辦法，大家想抱住什麼，卻被甩來甩去。

季芮晨一手勾著木欄，一手抓著小林，望著湖裡的手……越來越多，那不只有幾個人而已，而是一整票啊！

「呀——」說時遲那時快，坐在右方窗邊的鍾岱珈和張銘偉突然就被拋出去了。

「哇——」

船身下一秒用力回穩，小朱跟念憶也滑出窗外。

季芮晨鬆開手，不想跟船抵抗，順勢摔進湖裡，冰冷腥臭的湖水頓時充塞她的眼耳口鼻，她沉進水裡掙扎著，並感受到有許多東西也跟著掉到身邊。

『去死！為什麼你們不去死！』嗚咽的哀鳴再度傳來，隨著水沫噗嚕噗嚕。

『換你們去死死看啊！』那是女孩們的咆哮，季芮晨覺得自己像被漩渦往下拉一般，掙扎著睜眼，原本渾濁的湖水居然見得分明。

一大堆體無完膚的人緊緊拉著周宜萱往湖裡扯拽，小女孩痛苦得張大嘴，眼看著快沒氣了，身上明明已經套著救生衣，她卻浮不上去！

不！季芮晨揮動雙手想要過去，卻發現自己的腳動彈不得。

低首望去，有個女人雙手緊緊抱住她的腿，沒有眼珠子的腐爛臉骨仰望著她。

『妳，是站在我們這一邊吧？』

# 第三章

這就是洗手台的象徵意義！水、漩渦、吸力以及悲鳴！

咕嚕咕嚕……季芮晨憋著氣不停的被往下拖，儘管她算是救生衣穿得最妥當的人，卻也不敵往下扯的力道。

漩渦冒著泡，那道水龍的吸力驚人，季芮晨拚了命往上游都難以抗衡，再加上圈住她雙腳的可怕女人，那皮膚、那頭髮、那可怕腐爛的模樣，她連尖叫都叫不出聲。

黃濁的湖水裡盈滿了載浮載沉的屍體，甚至有去肉剩骨的可怕模樣，季芮晨一個也認不得，只知道湖底滿滿的屍體，而且每具屍體都在動！

團員們一個個掉進水裡，可怕的鬼屍們立刻就衝上前去，季芮晨都快沒有空氣了，離湖面越來越遠……越來越遠……一直到被拖到湖底為止。

手舞足蹈的晃動，她模糊的視線卻看見那頭骨凹陷的女人，使勁壓著一個東西……她幽幽回首望著她，手上腐敗的肉條隨著水漂移，身邊還有另外兩名女性，也緊壓著某樣物品。

小小的手在晃動著，季芮晨瞪圓雙眼看著那掙扎的生命——是周宜萱！

天吶！這些……這些鬼壓著那個才幾歲的小女孩，不讓她升到湖面！

走開！走開！季芮晨瘋狂的扭動身子，用盡最後一口氣掙扎著，使勁的又踹又踢，腳底板踢到的東西多麼切實，那顆腐朽的頭顱被她一腳踹斷，但殘餘的皮連著肉，球形頭顱沒有漂走。

季芮晨再踹，把抱著她的手骨全踢開，眼看著肺部都快沒空氣了，雙腳陡然一鬆，她瞬間因為救生衣的浮力直接往上衝——不！等等！她瞪著那個臉色死白的小女孩，她還沒救到那個孩子，還沒——

「啊——」因浮力一口氣躍出湖面，季芮晨大口的呼吸。「咳——咳咳！」水有味兒，但不至於噁心，但想到自己腳下是一堆屍骨，很難不去想像喝進去的水裡全是屍肉。

「哇……哇啊！」

「天吶！救命！救命！」

驚叫聲自身邊傳來，她倉皇的環顧四周，看見團員們分散各地，有的人亂套著救生衣，有人是緊緊抱著，無論如何，至少都有個浮力可以漂在水面上。

附近的船隻趕緊駛近，季芮晨慌亂的解開救生衣，那個女孩子還在水底下！

「小萱呢？小萱呢！」果不其然，周媽媽驚慌的聲音傳來。「有沒有看見小萱？」

她身邊拉著一雙兒子，慌亂不已的在水花中尋找女兒，而周樹紘攀著翻覆的船體，整個人根本僵直得無法動彈。

「小萱！」哥哥邊哭邊喊著妹妹的名字。

季芮晨奮力要脫掉救生衣，可是浮力一直阻礙她的行動，水花聲不絕於耳，冷不防一隻溫暖的大掌突然攫住她的手臂。

「妳做什麼，季小姐，穿好啊！」小林曾幾何時游到她身邊，把救生衣壓下。

「那……那個……」季芮晨發現自己居然說不太出話來，「底下……」

她指著湖裡，神色慌亂，居然緊張得話都說不全！

「底下？」小林瞬間愣了一下，「還有人嗎？」

「那個女孩！」她牙齒打顫說著，「我得……」

「我去。」小林二話不說，突然往前一翻，像海豚般俐落的潛進湖裡，轉眼間就失去了蹤影。

季芮晨這才發現他沒有穿救生衣，小林會游泳嗎？可是底下都是魍魎，他這樣下去太危險了！

湖面上一陣混亂，附近的船隻住戶都湧了過來，熱情迅速的將大家往船上撈，小平哥嗆得說不出話來，老林被嚇得半條命都快沒了，還是幾個團員用英語跟當地人做簡單的溝通、小朱他們發著抖幫忙計算人數，所有人分別被五、六艘船救起來。

周家陷入哭喊的混亂，因為當大家都離開水面時，依然沒有看見他們的小女兒。

「小林、小林去找了。」季芮晨顫抖著身子說，話是這麼說，但是小林也潛下去太久了吧！

「大家、大家先上岸！」小平哥力持鎮靜的指揮著，「我再請船家幫忙找。」

「不！我的女兒、我的女兒！」許依婷大聲喊著，揮動雙臂不讓船開走。

遠處又一陣引擎聲，一艘小船急駛了過來，上面的人大聲跟小平哥說話，他臉色不變，立刻吆喝所有船隻往岸邊靠去。

「不！我的女兒還沒找到！」許依婷歇斯底里的哭喊。

「小林找到她了！他們被另一艘船先載上岸了！」小平哥大聲回著，「已經叫救護車了，大家快點回岸邊！」

找到了！季芮晨突然鬆了一口氣，她雙手緊扣著雙臂，即使是盛夏，還是因為湖水而發冷，所有人都濕漉漉的不發一語，因為沒有人知道為什麼會發生這樣的事，這麼大的一艘船，為什麼會突然翻覆？

季芮晨知道，她不由得回首望著那翻覆的船隻，隱約的殘影還在船的四周，滿滿的鬼屍啊，就在這湖下與他們共游著。

為什麼？她滿腦子想著這個原因，為什麼那些鬼要把船給推翻？為什麼要壓住那個才幾歲的女孩？

「小萱！」周家最快衝上岸，許依婷踉踉蹌蹌的衝上前，還在甲板上跌了一大跤。躺在甲板上的周宜萱太過安靜，讓尚未靠岸的大家不由得打了個寒顫；小林就在女孩身邊不停做著CPR，瞧著他賣力的模樣，季芮晨猜得到女孩子已經沒了呼吸。

想當然耳，她才幾歲？在湖裡困了這麼久，早沒了氣息。

許依婷滑到女兒身邊，呼天搶地，情況變得既悲傷又令人恐懼，大家陸續上岸，看著女孩死白的身子跟毫無血色的臉龐，再聽著由遠而近的救護車聲。

「那……那個……」阿丹抖著聲音，突然指向小女孩。「她的腳……」

腳？所有人不約而同的望向女孩的腳，女孩的腳上有圈繩子，緊緊的繫著她細小的腳踝，甚至勒出了紅痕。

「那是什麼？」季芮晨上前兩步，望著那像漁網的繩子。

小林看著救護人員拿著擔架衝過來，趕緊退到一旁，臉色發青的他抹去臉上的水，瞥了季芮晨一眼。

「船上的魚網，勾著桶子……」他的聲音很沮喪，指向了大家一直沒注意到的角落。

「纏住她的腳。」

那邊有個鐵桶，就倒在一邊，桶子沒有加蓋，一旦沉入水裡，裡面迅速蓄滿了水，只怕比女孩體重還要重了。

「……那個桶子纏住她的腳？」念憶驚呼出聲，「所以她才沒有浮上來嗎？」

所有人驚訝的雙手掩嘴，不可思議的望著鐵桶、望著腳被纏住的女孩，父母更是瞠目結舌的望著那桶子，簡直不敢相信。

「你說那玩意纏住我女兒？」周樹紘氣急敗壞的衝過來，居然一把揪住小林的衣領。「是那東西害她浮不上來的？」

「喂！周先生！」季芮晨飛快的衝上前，「你做什麼！小林救了你女兒，你把他當仇人嗎？」

其他人一窩蜂的跟著湧上，一把將周樹紘推開。

周樹紘錯愕至極，他踉蹌數步後緊握雙手，喃喃說了好幾句對不起，他情緒失控了，為著沒有呼吸的小女兒……接著老林跑過來叫他們上救護車，家屬全跟著過去。

小林則負責善後，帶大家回去旅館。

為什麼？季芮晨站在甲板上，看著孕育生命的洞里薩湖，那些屍體是真實還是幻象？是鬼還是真的有成山的屍體在湖底？又為什麼獨獨針對那個根本還不了解世界的小女孩？

『因為活該……』

甲板上水潮洶湧，伴隨著嗚咽聲響，季芮晨僵直了身子，她聽見了……不，他們是說給她聽的？

『死透了沒？嘻嘻……下一個……下一個……』

還有下一個？季芮晨驚訝的回身看著所有團員，這是怎麼回事？誰招惹了鬼？還是誰帶來了鬼？這不是只是一段吳哥窟之旅嗎？

「妳還好吧？」小林筆直的朝她走過來，「幸好妳有看到那個女孩在水底，要不然就麻煩了。」

「咦？小晨看見的？」小朱好訝異的看向她，「妳怎麼知道？那水好濁喔！」

「而且穿著救生衣也沉不下去……謝謝妳，小晨。雖然很慌亂，可是至少我們來得及抱住救生衣。」阿丹由衷的感謝，眼角還閃爍著淚水。

「是啊，謝謝妳，我才套上就被摔出去了，我不會游泳的。」阿土趕緊上前，聲音還在發抖。「大家應該都是因為妳，才來得及穿救生衣的。」

念憶冷不防的一把抱住她，大家都是濕冷的身子，但是她在發顫，淚水不停的流。

鍾岱珈跟賴眉宇等人也過來取暖，事實上雖然時間很短，但所有人的確都觸及了救生衣，來不及穿上的也拿到了，所以再不會水的人也能有機會浮在水面上。

就連周樹紘都能攀著翻過去的船隻，爭取了許多活命的空間。

李文皓和妻子各抱著孩子，緩慢而虛弱的走過來道謝，孩子們被嚇得說不出話來，還在哭個不停，但看到周家小女兒那副慘狀，他們突然覺得很慶幸。

人總是要藉由別人的不幸，才能輕易看到自己的幸運。

「那個女孩……怎麼了？」季芮晨緩步往前走，虛弱的問著小林。

「剛剛有呼吸了，其他就是醫生的事了。」小林勉強笑著。

「有呼吸了？」身邊的念憶驚愕，「那太好啦！你救活她了！」

「真的假的！所以剛剛那個女孩還活著嘍？」鍾岱珈情侶檔也喜出望外，「小林，你變大英雄了！」

「沒有、沒有……她那樣子不知道有沒有後遺症，這很難說。」小林嘆了口氣，「我當然是很高興她有呼吸……不過這也是要感謝小晨，要不是她看見孩子在底下，只怕說什麼都晚。」

「可是……」抱著孩子的李太太突然困窘至極的開口，「我剛看到小萱……有穿救生衣啊，居然沒辦法浮起來！」

「因為她腳上纏著鐵桶吧？」李文皓皺著眉，「為什麼那麼剛好，居然被繩子纏住。」

剛好？季芮晨臉色一凜，她可不覺得這是「巧合」。

那麼小的腳踝怎麼會被繩子套住，而且穿進重重魚網裡？網子另一端還有鐵桶？救生衣起不了作用？那誰來解釋她看見三個腐爛女人壓住她的畫面？

「好不祥的感覺。」走在最後頭的李太太低泣，「早知道就聽媽的話，不要來這邊看什麼死人墳墓！」

「妳現在在說什麼！」李文皓不悅的制止，「媽說的那套都是迷信，妳還真的相信？」

「不是嗎？吳哥窟的景點都是墳墓，全是死人的東西，媽說來看這個不吉利的。」李太太緊抱著孩子，委屈至極的說。

「那是妳在解釋！妳去梵蒂岡時就沒這麼多廢話，梵蒂岡裡多少屍體？國外哪間教堂底下不是埋了遺體？那也是墳啊！」李文皓冷冷的瞪著妻子，「少說那種沒知識水準的話，媽就算了，妳又不是沒受教育。」

「那你怎麼解釋現在的狀況？」李太太怒從中來的抱怨道，「小萱命在旦夕，好好的船怎麼會突然翻了？」

「這有很多原因，警察會去調查，跟吳哥窟有什麼關係？妳非得要把意外歸類到什麼靈異事件嗎？」李文皓不屑的冷哼一聲，「我不喜歡發生這種意外，我也對小萱感到遺憾，但是把這些狀況歸罪於吳哥窟的古文明，那不過是愚蠢的表現。」

季芮晨對這論點不置可否，這種說法由來已久，不知道是誰開始說的，指吳哥窟旅遊窮極無聊，因為都在觀賞死人的墳，也有人說不過是看一堆石塊，毫無意義。

喜歡文化的人自會喜歡，沒有那份感覺的人，看再多還是石子，這沒什麼對錯爭議，不過……因為這裡的「古」，所以有了「靈異」嗎？

她沒想過這種可能，不過事到如今，好像可以想看看了。

小林帶著大家上遊覽車，其他事務都由老林跟小平哥去處理，他負責帶好剩下的團員就是。司機還好心的說要幫大家祈福，回到旅館後，小林鄭重的跟大家道歉，關於洞里薩湖行程的失誤與危機，後續賠償補救事宜會再跟大家討論。

只是當下沒有人有心情討論，所有人只希望回到房間洗個熱水澡，趕緊平靜下來，然後希望周家小女兒能夠脫離險境。

「我可以到你房間去嗎？」

小林驚愕的望著季芮晨，卡在電梯前動彈不得。

「我……妳房間已經換好了。」小林緊張的結巴起來。

「不然你到我房間好了，我想要有個人陪一下。」季芮晨雙手合十，鞠躬敬禮。「拜託……」

「季、季、季、季小姐……」小林倒抽一口氣，這要他怎麼回答啊！

「我怕我房裡有那個。」她也開門見山，拐彎抹角就怕小林以為她在勾引他。

那——小林立刻呆住，「哪個？」

「你說呢？」季芮晨咬著唇，「拜託拜託，陪我進房間啦！」

「妳又還沒進去，怎麼知道——啊，妳下午換房間該不會是因為……」媽呀！小林突然打了個寒顫。「不會吧？」

季芮晨什麼也沒說，只是拎著一雙可憐兮兮的眼睛望著他。

嚇死人了！小林臉色泛青的瞅著她，這個季小姐果然有問題啦，現在突然說她房間有「那個」！

「你是領隊耶，我有困難要幫我。」電梯到了，季芮晨二話不說的拉他進去。

「不是……妳說的話很嚇人耶！『那個』是指這邊的好兄弟嗎？」小林邊說邊發顫，「妳是看得見還是……」

「有就對了！我之前不是做惡夢嗎？回房間後一直覺得有人在看我。」季芮晨一股腦兒的說著，「浴室洗臉盆莫名其妙的蓄水，還有人打電話來——更別說為什麼我知道那個女孩在湖底，因為我有看見！」

「妳？」小林挑了挑眉，「等等，妳怎麼可能會看見？我潛得很深才看到，而且妳又穿著救生衣。」

「我也被拉著。」季芮晨沒好氣的說著，走出了電梯，尋找自己的新房間。

結果就在電梯邊、小朱他們房間的對面，真是太好了，至少有什麼事可以大聲呼救。

「被……拉著？」小林話語間有空白，中間有幾個字他不敢說出聲。

就見季芮晨要直接開門，他緊張的搶下她的鑰匙，又是敲門又是按鈴的，這才幫她把門打開；只見她丈二金剛摸不著頭腦，眨了眨眼，不太懂他這麼多動作是為什麼。

「說不定妳就是不禮貌，沒有通知裡面的好兄弟，所以人家才會找妳。」小林說得理所當然，「這是外宿的禁忌之一，到旅館時要記得敲門按鈴，讓裡面的住戶知道要叨擾數晚。」

「是噢？」季芮晨雙眼發亮，「出遊的禁忌部分我還沒研究到，我現在都專注在領隊須知上！」

小林嘆氣，領隊的工作當然很重要，但對出門在外一些禁忌也必須要了解才行！

他為她開了門，請她先行。季芮晨戰戰兢兢的將鑰匙插入總電源後，室內燈亮起數盞，她小心翼翼的往前行，將部分依然暗著的燈全數打開。這房間剛好跟原本的房間是對面，所以格局左右相反，小林幫忙巡視一圈後沒有異狀，眼看著就要離開。

「等等等等——你之前來時也沒異狀啊！」季芮晨忙不迭的拉住他，「不對啦，你說的不成立，我在湖中也看見他們啦！」

小林覺得腦子裡有轟然聲響，下意識反手一把抓住季芮晨。「妳到底在湖底瞧見什麼？」

「那個、好兄弟，壓著那個小女生。」什麼鐵桶，她那時壓根兒什麼都沒看見。「要不然她怎麼浮不起來？繩子纏上去我都覺得莫名其妙！」

「喂……喂喂！」小林變得很嚴肅，「季小姐，妳是不是在拿我尋開心？」

「這種事尋什麼開心？」季芮晨隨手抽過浴巾裹著，彎身打開行李箱。「從在車上做惡夢開始，一路到湖底……我們的船也是被好兄弟推翻的，他們扯著我不讓我浮上來，我……」

小林呆愣在原地，看著季芮晨把換洗衣物拿出來，腦袋一片空白。

他不是沒被警告說出國會遇到各種奇奇怪怪的事，也知道旅館內總有一些久遠的好兄弟，更知道當領隊勢必會遇到千奇百怪的狀況發生——但是他現在只是實習耶，為什麼遇到的好像不是「普通」、「路過」、「房裡」的小小現象？

「走，去你房間好了。」季芮晨懷裡揣著衣物，起身望向他。

「我？等等，妳剛都說在湖底看過好兄弟了，同一批嗎？」小林很快的問到重點，季芮晨用力點了頭。「那這樣換哪間房間有差嗎？」

「啊……」季芮晨芳唇微啟，「說的也是。可是我好冷，我想洗澡，不然你在外面等我。」

「我？」

「門不要關，你不要偷看就好，我就擔心會有問題嘛！」季芮晨說得氣急敗壞，她又冷又濕，想馬上洗個安全的熱水澡。

小林凝視著她，露出擔心焦急的神色。「事實上妳可以去找小朱她們的。」

「不想多拖人下水。」她悶悶的說。

哇咧！那拖他下水就——對，他是副領隊，應該的……嗚嗚，應該的。

「那妳等我一下。」小林如喪考妣的說著，旋即走出季芮晨的房門，他前腳一走，她立刻站到走廊上去，可不想一個人關在房間裡。

這不由得讓她想到有部電影叫《1408》，房門關了似乎就沒辦法再打開，她就得待在房裡跟厲鬼們周旋……嗚，她忿忿的咬著唇，哀怨的望著房間，到底是怎樣啦，為什麼找她？

小林很快的又跑回來，一瞧見在走廊上的季芮晨，難免有些心疼，知道她是因為不安才站在走廊上等，趕緊把她趕進房間，瞧她都在發抖了，的確需要快點沖澡。

他抱著一個大塑膠袋，把裡頭的東西全倒出來，居然是一整桌的護身符、平安符、神符跟佛珠。

「都帶著，應該萬無一失。」

小林在水龍頭、鏡子，包括門上都掛上了符，季芮晨看得瞠目結舌。

「你……帶這一大包出門？」還用紅白塑膠袋裝，不知情的人只怕會以為是一包雜物或垃圾。

「就以備不時之需啊，什麼都帶一點。」小林說得理所當然，聳了聳肩。「好啦，妳快去洗，手都冰了。」

「可是……」她對於關門還是有恐懼。

「放心啦，我是要幹領隊的人耶，我去求的都很靈驗的。」邊說，他在季芮晨左右腕上又套進佛珠。「要不然怎麼行走江湖，對吧？」

「江湖咧！」季芮晨無奈的嘆口氣，「反正我硬著頭皮也是要洗，你要在外面陪我喔！」

「好。」小林無奈極了，但也只能點頭。

季芮晨忐忑不安的進入浴室，聽見跟看見是兩回事，聊天跟被拉住更是大相逕庭，拜託魑魅鬼魅不要找她，她什麼都不懂、什麼也不會，尋她也沒有用；另外拜託列祖列宗保佑，把她的 Lucky Girl 程度大大發揚光大，務必讓她逢凶化吉……不，最好連逢凶的機會都沒有。

聽到蓮蓬頭的聲音，小林還是有點害羞，他也想洗澡，身上都是湖水的腥臭味，不過……他並不認為季芮晨是在胡說八道、精神不正常，反而認為她說得很有道理。

她是團員中救生衣穿得最妥當的人，卻是倒數第二個浮上水面的，這根本不合常理，而且船翻覆得也太詭異，不像是失控，反而像是有一股規律的力量推著船在行動……

更別說他先上岸時，聽見小平哥跟當地人在激動的對話，跳船的船家說，湖裡有水鬼。現在這位季芮晨夢見鬼鮮血淋漓的站在遊覽車的走道上，又在房間看見異狀，然後是洞里薩湖裡……小林狐疑的思考著，他從來不是敏感體質，也不是陰陽眼，對於這方面其實鈍得很，可是從前輩那邊聽過很多相關的事情，出國總是有各地的民情風俗跟魍魎鬼魅。

可是，這一次差點出人命了！

如果那些好兄弟是衝著季芮晨來的話，為什麼卻是壓著一個才五歲的小女孩呢？雖然他們抱著季芮晨的腳，可是最後出事的不是她耶！

房裡澄黃的燈光突然有些黯去，小林專注的在思考這些事情，並且留意跟老林聯絡，他不能把太多心力放在靈異現象上，這趟實習也是前兩天才被硬排進去的，但現在卻得擔起照顧全團的責任，等等還要帶大家去餐廳吃飯、去按摩，冷靜的照著行程走。

可是團裡發生這種事，究竟是巧合、意外，還是真的像季芮晨所說的，跟「那個」有關？

吳哥是佛教國家，明天應該去參拜一下，請這兒的神明保佑才對。

只不過……他不安的回身看著這房間，為什麼房裡突然變得昏暗？感覺像是光線不足的模樣，剛剛沒有啊！

小林打算跟櫃檯說一聲，至少換幾顆亮點的燈泡吧。

在浴室裡淋浴的季芮晨，正享受難得的安心，闔著雙眼任熱水澆淋，她看不見浴簾的外頭，層層黑氣正從通氣孔緩緩的漫了出來。

如霧氣般與熱水的水霧交纏在一起，充斥了整間浴室，甚至從門縫下鑽了出去，跟房間裡的黑氣融合成一體。

燈光的暗去是因為黑霧籠罩，浴室裡不顯亮，也是因為日光燈管蒙了層陰影，被水霧遮得朦朧的鏡子裡，隱隱約約有影子在晃動著，一隻手猛然由裡頭貼上鏡面，蟲蝕見骨的掌心還帶著褐色的血。

「小林，你還在嗎？」季芮晨輕掀簾角，不安的喊著。

「啊？」小林羞赧的應著，他正在跟老林講電話咧。「在、在啦！」

那就好。季芮晨劃上安心的微笑，鬆開手覆上簾。

蒸氣遮去了所有視線，她沒有瞧見鏡子裡那雙貼著的掌心，緩緩的抹動著。

天花板湧出的黑氣不斷，只是，不管是季芮晨或是小林，全都看不見。

看不見。

# 第四章

風平浪靜，意外的大家都度過了平和的一晚，就連季芮晨也睡了一個安穩的好覺，甚至是毫無驚擾的一晚。

出事當晚小林帶大家去用餐後，接著再帶大家去按摩，雖然少了周家一家人，可是對大家影響不大，大家只討論著船翻覆很倒楣、那個女孩不知道狀況如何，不過剩下的時間還是依然歡樂無限，拚命照相，或許因為沒有受傷，也沒人太放在心上。

雖然季芮晨覺得大家有些泰然過了頭，通常在旅行中遇到這種事，一般人應該是興致全無，或是抗議啦、吵架……可是這一團大部分都是二十出頭的年輕人，小朱他們當晚就玩瘋了，唯一擔心受怕的就是李文皓那家子，果然越年輕神經越大條。

加上大家真的也沒受傷，很多事就不在意了。

「早安！」在飯店餐廳，每個人都笑出一朵花，精神抖擻的跟小林道早。

「早！」小林也綻開熱情笑靨，陽光男孩又添迷人燦爛。「大家睡得好嗎？」

「好極了！」阿丹眉開眼笑的說，完全不介意一旁噘著嘴的阿土。「床又大又軟，很舒服呢！」

「而且昨天按摩完好好睡……」念憶也是一臉愉悅模樣，「對了，周先生他們呢？還好嗎？」

「呃……小萱是醒了，不過情況還不穩定，昨天周先生先回來睡覺，老林幫忙守夜。」小林嘆口氣，這家人只怕是無法繼續行程了。

阿土突然眼神發直，越過對面朋友的肩後望去，輕推身邊的女友，對面的小朱和念憶自然也好奇的回身，居然在餐廳門口瞧見了走來的周先生跟兩個孩子。

季芮晨剛夾好一盤食物，回身就瞧見走進餐廳的周樹紘一手牽著一個小孩，跟著飯店人員往落地窗邊的桌邊走；不知道為什麼，季芮晨覺得他們家的三個人怎麼看起來好黯淡。

臉上彷彿罩著一層黑霧般，看起來很怪異。

「早，還好嗎？」季芮晨主動趨前，溫和的問著。

「啊……謝謝。」周樹紘勉強的笑著，愁眉不展，看來女兒的狀況果然不甚樂觀。「醫生說今天如果能清醒，狀況就會穩定下來。」

「嗯，那就好。」季芮晨微微一笑，兩個男孩連連打著呵欠，舉起的手腕上有著青紫色的瘀痕。

從這角度望過去，像是有人緊抓住他們的手腕，殘留下來的瘀青，五指爪印，清晰可見。

身旁的桌子剛好是李文皓一家，他們四個人尷尬的跟周樹紘點頭問好，兩家人看起來比較有話題，季芮晨聳了聳肩，還沒回身小朱已經在招手了。

「好像沒睡好的樣子哩，這樣今天他們能繼續走行程嗎？」念憶說得漫不經心，口吻裡其實根本不在乎周樹紘他們走不走。

說起來，她似乎一直對周樹紘都沒什麼好感，昨天發生事情後，她也是唯一一個完全不提溺水小女孩的人。

「那個……」季芮晨身子往前，壓低了聲音。「你們大家好像都認識他啊？」

這一個問題，讓一桌四個人都投以詭異的目光，尤其是小朱，用一種不可思議的表情瞅著她，彷彿她問了什麼驚人問題。

「我說小晨啊，妳不看新聞的嗎？」小朱瞇起雙眼打量著她，「電視？報紙？這件事吵得沸沸揚揚，妳居然不認識他？」

「他？」季芮晨皺眉，不由得回頭瞥了周樹紘一眼。「我真的……沒印象耶，而且你們說什麼事？我只知道昨天你們說，他是廢……」

餐廳不大，她還是別說出全部，大家懂就好，就是廢死組織的主張者嘛！

「我們出國前有發生大命案啊，妳都沒有在看新聞？」靠近她的阿丹低語，「有兩個女生被姦殺了，死狀還很慘，兇手甚至還姦屍，反正極盡凌虐之能事……然後被抓到後，輿論撻伐，大家都說應該判死刑。」

「噢，結果廢死的跑出來說不能任意判處死刑，要人權，如果他能改過的話……」季芮晨知道這套人權主張，「是不是又上談話性節目，所以又是一陣紛擾？」

這就是她根本不看新聞的原因啊，吵吵鬧鬧，不管是哪方都妄想一面倒。社會大眾妄想用輿論主宰司法，名嘴們胡天說地的只為了通告費，廢死組織的人則認為法總有誤判，犯人如果能有更生的機會，就不該奪去他人的性命。

各方有各方的論點，季芮晨向來不予置評，只是她很好奇的是：受害者的人權到哪裡去了？是否因為死都死透了，不需要人權了，活著的人才重要？

當然也有說法是死刑並不能讓死者復活，巴啦巴啦的理論都有，她並不在意。

「重點是——那個兇手是十五年前，由周樹紘救下來的死刑犯！」小朱頓了頓，深吸了一口氣。「當年就一死一重傷了。」

咦？季芮晨一怔，十五前就犯過類似的案子？「問題是他為什麼可以在外面趴趴走？」

「因為假釋、特赦一堆巴啦巴啦——」念憶冷冷的切著盤裡的火腿，「重點在，當年他是周樹紘救下的。」

季芮晨不由得倒抽一口氣，所以那個犯人在當年應該被判處死刑，但在廢死組織的奔走下改判重刑，接著因為法律的鬆散，他又有機會假釋出獄——再殺了兩個人？

「如果十五年前他就被槍斃的話，這兩個女生就不會死了。」阿土也嘆了氣，「最近在吵的就是這件事，因為廢死組織當初阻止死刑，卻多害兩條人命，而現在還是繼續在保護那個殺人犯。」

「真難想像廢死的人在想什麼？」小朱托著腮，一臉不明所以。

原來如此，這就能解釋為什麼昨天在船上的氣氛突然僵硬，就是因為最近的新聞事件，每個團員都認得周樹紘，看來沒有人跟他站在同一邊，所以才會有昨天那劍拔弩張的狀況出現。

「要我說，」念憶從容的拿起果汁喝了一口，「說不定這些事都是報應。」

小朱立刻用手肘推了念憶一把，怎麼這麼說話？不過她倒是滿不在乎的聳聳肩，她就是覺得這是報應，廢死組織的主張還想害死多少人？那個強姦犯當年已經殺了一個人，現在出獄後再殺第二個人，即使立刻遭到通緝，在逃亡期間還可以再殺第三個？那如果沒有及時抓到，難道還要有更多受害者嗎？

季芮晨默默拿起麵包來啃，這麼說來，某位兇嫌殺了三個人，造成一人重傷……但是滿身是血的女鬼卻有四個？數量不符啊！

不過女鬼們講中文，又像台灣人，這要她怎麼想？又緊跟著他們這團，把船推翻，壓著小女孩不放……不對，為什麼針對無辜的孩子？季芮晨不安的深呼吸，她真希望是自己想錯了。

不過那幾個女鬼死狀甚慘，兇手除了凌辱外，還幹了什麼事？

「小孩拜託你們了，我等會兒還得到醫院一趟。」周樹紘把兩個孩子託給李文皓一家，「他們也難得來一趟，一直待在醫院不好……」

「沒關係，就交給我們吧。」李文皓倒是阿莎力，立刻答應周樹紘照顧兩個小孩。「你們夫妻掛心小萱是正常的，嫂子守了一夜，你快去跟她換吧。」

小林在角落囫圇吞棗的吃著早餐，眼睛也盯著周樹紘那桌不放，其他情侶們熱情道早，眼尾也都瞥著那邊，但卻鮮少有人過去多關心一句；季芮晨發現周樹紘人緣真的超差的，即使連么女九死一生，居然都沒有人想多問耶，這也太慘了吧……

「幾點上車啊？」賴眉宇遙問著小林，「我們今天還是照走行程吧？」

「啊？七點半！七點半上車！」小林趕緊宣布，「等等小平哥就來跟我們會合了，今天我們行程照常進行！」

「那就好。」賴眉宇端著優格，張銘偉也微笑點頭。

其他桌的情侶們笑語盈盈，這聽在周樹紘耳裡只怕有些刺耳，他擰著眉看向他們，總覺得這些人似乎擔心行程因為他們家的事而受阻。

他的女兒命在旦夕啊，這群人怎麼這樣！他很難忘記昨天在船上的爭執，這些都是贊成死刑的人，一群沒有同理心的人！他知道廢死這條路難走，但是因此受到冷眼相待，他無所謂，可是孩子怎麼受得了。

兩個兒子年紀也不小，再傻也會看臉色，這群年輕人從頭到尾沒有好態度，老大昨晚還問他，為什麼妹妹生病了，其他人都覺得活該？

到底是誰說活該的！

「周先生，我等等請旅館幫你叫車到醫院去。」小林走了過來，低聲說著。「老林也在那邊等著，有後續事宜要跟你交代。」

「什麼後續事宜，我女兒要是死了，你們誰也賠不起！」周樹紘忽然暴吼一聲，整間餐廳的客人，包括外國人，都愣了一下。

鍾岱珈挑高了眉，用嘴形明顯的說了：「活該。」

季芮晨暗暗覺得不好，大家的同情心真的亂少一把的，她也不贊成廢死，可是現在周樹紘的處境還是很值得同情啊！

李文皓一家趕緊安慰周樹紘，小孩子也能感受到大人的不快，不太敢說什麼，其他人倒是吃完就嚷著說可以先到外面拍照，大夥兒一哄而散。小朱他們拿著相機興沖沖的往外去，季芮晨還沒吃飽，搖搖頭叫他們自己先去，離七點半還有十分鐘呢。

她其實也只剩水果而已，端著盤子就往外面走，這餐廳分為戶外區與室內，外頭就是木屋跟泳池，周圍鋪著草地，木雕神像到處都是，吳哥是個篤信佛教的國家，佛教在他們生活與生命中佔了很重要的地位。

最多的是那些婀娜起舞的女神木雕，那些是阿普莎拉女神，體態婀娜，永遠帶著淺笑，總是裸著上身，露出那豐碩飽滿的乳房，纖細的手拈鮮花，舞動身子款款而來。它們無所不在，不管在哪一個古蹟裡，處處皆是。

有時會在迴廊牆上、有時在柱子上頭擺動著，甚至在牆上的陰刻中，多數斑駁、或是牆壁已剝落，浮雕的部分則是因歲月風化，可是永遠都看得到那婀娜身影正翩翩起舞。

還有四面佛，更是從入口到裡頭處處皆有，巨大的浮雕在石頭上，用慈藹的微笑面對大眾。

季芮晨坐在游泳池畔，仰首可享受吳哥炙熱的陽光照耀，扭身向後可以看著湛藍池水；她多希望可以把心裡盈繞著的不安消除，畢竟今天的行程，去的都是古墳古廟，讓她難以心安。

端著白色瓷盤擱在膝上，她半側身呆望著天藍色的泳池，現在並無人晨泳，泳池金光閃閃、波光粼粼，她咬著西瓜，看著清澈的池水倒映著一旁的綠樹，雞蛋花緩緩飄落，浮在水面相映成趣，連神明的浮雕也映在水裡，因為風的吹拂，變得皺皺的。

神明原本是手朝上的姿勢，因此移動，那騰空的手忽而往前一指，怒火中燒的指向她，怒吼喝斥——『滾！』

嚇！聲音灌進季芮晨腦子裡，她嚇得一顫身子意圖往後，卻重心不穩的直接向後滑了下去。

電光石火間，有隻手更快的攙扶住她，將她向前拽扯，免於落進泳池的狼狽。盤子摔碎在泳池邊，裡頭殘餘的水果落了一地，她整個人跌在來人的懷裡。

「季小姐……」小林無力的說著，「我有種一秒鐘不盯著妳，妳就會出事的感覺……」

小林無力極了，緊扣著季芮晨，他有種想拿繩子繫住她的衝動。

不是錯覺！季芮晨摀住單耳，現在水裡的神像看起來都好好的，但是剛剛那巨大手臂真的移動了，聖嚴的神情擰眉怒目，忿忿指著她，用陌生的語言斥喝……她聽得懂，祂要她滾！

滾！她顫顫巍巍的望著現在平靜的神佛之像，為什麼？為什麼指著她？

飯店人員趕緊出來收拾，小林連聲抱歉，並且塞了小費給服務生，一邊將季芮晨拉站起來。

「我剛剛……」她看著神像，「我又沒做錯什麼。」

「妳不要靠近危險的地方，謝謝。」小林還回答她咧，一邊把她往裡頭拉。「妳沒受傷吧？還是有碎片……」

季芮晨回過神望著他，蹙眉搖首，再多的碎片也不及剛剛神像那盛怒難犯的容顏可畏，為什麼？她自詡做人做事行得正，雖然稱不上善人或是好人，但是也沒害過人啊！

為什麼剛剛那神明會用那種態度對她？

不……不對！她現在為什麼會什麼都瞧得見了？不管鬼還是發怒的神，全都在她面前晃？其他人就都沒看見，這是代表針對她嗎？

「妳不要再恍神了，季小姐……算我拜託妳。」小林用逼近哀求的聲音說著。

「我剛剛看到……」她悶悶的望著他。

小林瞪大雙眼，凝視著她、再回頭看著陽光普照、綠樹成蔭的景色。「現在不但是白天，還大太陽。」

「是神明，指著我叫我滾。」她倒也不拐彎抹角。

「神……」小林回首望著一庭院的木雕，他突然鬆了手，逕自回身走去，找了個空地，雙手合掌，竟祈禱起來。

季芮晨只是困惑的看著，但幾秒後也效法小林，對方橫豎是神，她不清楚自己哪裡招惹到祂，可是還是希望神明保佑，這趟旅行才第二天，就幾乎引起了她二十四年來所有的不安。

她是幸運女孩的，為什麼到了吳哥窟，完全都不覺得幸運？反而覺得好像什麼不幸即將降臨似的？

小林祈求完畢後便拉著她上車，小平哥在車外頭跟她道早，但是臉上難掩疲態，看來昨天的事也夠折騰的了，結果車上歡樂氣氛卻更勝以往，幾對情侶都已經跟大家打成一片，吵得不可開交。

這讓車內呈現一種壁壘分明的狀態，坐在前半段的李文皓一家四口，連同周樹紘的兩個小孩，顯得沉靜而且疲倦；後半段的小朱四人、賴眉宇一對、鍾岱珈一對，講冷笑話講個沒完，小平哥被逼著得拿麥克風說話，大家才安靜下來。

小平哥開始介紹等會兒要去的變身塔。這座塔是很久以前由羅真陀羅跋摩二世（Rajendravarman II）國王所蓋，當時還是信奉印度教，所以這座廟很有印度教的特色，三層平台，一層疊一層，平台上有五座尖塔，正中央的最高，便是象徵印度教的聖山「須彌山」。

也由於這位國王信奉印度教，他生前蓋了許多相當重要的建築，如變身塔、東美蓬等等，更奠定了吳哥此後「神山塔林」的建築風格，每一座古蹟都是塔林模式，小吳哥更是極致表現。

「小晨，喏！」後頭遞了一包鱈魚香絲。

季芮晨朝小朱擠出勉強笑容，搖了搖頭，她現在沒什麼心情吃。

「妳又怎麼了？」小朱瞅著她，覺得今天的季芮晨悶悶不樂。

「我？沒事。」她笑得輕鬆，「只是看到周先生他們這樣覺得有點可憐，沒什麼玩興。」

事實上，她覺得大家應該都不要有玩興會比較好。

「可憐……」小朱看著前面，無所謂的聳肩。「比他們可憐的人比比皆是。」

「是啊是啊，同情不完的。」念憶也跟著附和，「如果因為他們影響到我們的行程，那是我們比較可憐吧？」

「就是！要我說啊，說不定是一種現世報吧！」前頭的賴眉宇突然回首，迸出一句石破天驚的話。

全車突然都靜了下來，每個人都朝她瞧過去，連季芮晨都暗自讚嘆，她那句現世報說得多冷血，又說得多自然啊！自然到只怕周樹紘在場，會氣到吐血身亡哩。

他不在，不過兩個小孩在。

「各位各位……」坐在最後面的小林果然立刻出聲，這講得也太過分了吧？

「你們這些人有沒有搞錯？周先生的小女兒在醫院跟死神拔河，你們說得出這種話？」

結果，氣急敗壞吼出聲的，是李文皓。他氣得都站了起來，小平哥錯愕得趕緊請他坐下，但是李文皓完全不聽，半站起身回首瞪著隔一個座位的賴眉宇。

「就是……有沒有良心啊？那個女孩才幾歲，她命在旦夕，他們全家都不好過，你們卻只在乎自己的行程？還說得出現世報那種話！」李太太也出聲了。

後面所有的小情人們不約而同的瞪向說話的李文皓，戰火一觸即發，季芮晨注意到的是——居然沒有人感到心虛或是愧疚，她後方的小朱甚至還直接站了起來。

「我們是花錢來玩的，不是花錢來等他照顧他女兒的，他們家發生事情，本來就不該影響到我們的行程，我們為什麼要在乎？」一直很沉默溫柔的鍾岱珈居然先開口，「難道你覺得我們要陪著他在醫院照顧他女兒，才叫有良心嗎？」

「還是乾脆大家都待在旅館裡為他們祈禱才正確？」謝宇宸噗哧一聲笑了起來，「喂，小林，是不是我們應該這麼做啊？」

咦？問題突然丟向小林，他一陣呆愣。「話不是這樣說……」

「我想我們花錢出來玩，應該就是要把行程走完才對吧？要不然老林也不必讓小林跟小平哥帶著我們繼續走。」阿丹也站了起身，用充滿挑釁意味的目光對著李氏夫妻。「如果你們這麼有良心，為什麼要上車呢？何不乾脆到醫院去陪周樹紘？」

「真有趣，素昧平生，你們家對周家倒是挺好的耶……」阿土咯咯笑著，「這麼挺他們，還幫他們說話！」

「喂，阿土，搞不好他們有一樣的信念啊！」小朱揚高了聲音，語調充斥著嘲諷。「支持廢死嘛，對吧？」

「你們——」李文皓惱羞成怒，氣得臉都漲紅了，正準備破口大罵，小平哥已經來到他身後，拚命的安撫他坐下。

小林也趁機上前，請小朱他們不要再說了，成為團員是緣分，為什麼要搞得這樣劍拔弩張呢？搞壞了氣氛，玩起來不就不開心了？

「誰跟他們不開心？」賴眉宇嘛起了嘴，「我們自己一樣可以玩得很開心。」

「就是就是！」阿丹眉開眼笑的把手裡的乖乖遞上前，「要不要吃？」

小平哥蹲在前頭、低聲的安撫李氏夫妻，這也不是誰的問題，每個人有每個人的想法，事實上，鍾岱珈他們說的也沒錯，就是口氣用詞太差了。

旅行社原本就是要維持其他客人的權益，所以行程照樣進行。

季芮晨仔細的觀察這一車，看來小朱這票年輕人對於廢死組織非常感冒，連帶著對周樹紘自然沒有好感，而意圖幫周樹紘說話的李文皓算是池魚之殃，多說多錯……只不過，大家真的太冷血了！一般來說，對朋友發生危難或是小孩發生危險都會感到同情，這次居然沒有人有這樣的反應。

當然，周樹紘跟大家並不是朋友，若說真誠關心也假了點，只是一般多少都會偽裝一下，這票年輕團員倒是連虛情假意都不願意，看來愛屋及烏這句話，討厭的情緒亦然。因為討厭周樹紘，連帶著對他的家人也沒什麼好感，加上大家沒交情，根本連虛與委蛇都不需要。

遊覽車抵達目的地，小平哥吆喝大家下車，按照慣例小孩大軍再次湧上，大家只能加快自己的腳步，千萬不要輕易停下，一路隨著小平哥前往眼前的巨石古蹟而去。

穿過無車但總是煙塵遍布的馬路，就來到了變身塔，地上有著石道殘跡，或破損或凹陷，每個人一抵達就立刻拿起相機拍照，並分散開。

吳哥窟的每座塔都是以巨石堆砌而成，而上去的石梯真是有夠驚人，季芮晨往前走到石梯前，觀察著每階梯子都高於她的小腿肚，梯面寬度卻只有一枝普通原子筆身長……這要怎麼上去？石階又因為歲月風化，缺角的缺角、過度平滑的平滑，最糟糕的是還完全沒有扶手。

要上去只有一個方法，那就是名副其實的「爬樓梯」。

得雙手雙腳並用，用爬的上去，小平哥正在後面解釋這陡高石梯，王朝就是希望子民能極為虔誠的爬上去，所以得手腳並用。

望著眼前的陡坡，有懼高症的人爬上去需要一點勇氣，下來可能更是項挑戰。

「至於這個，你們猜猜是什麼？」

季芮晨回身，看著大家已聚集圍繞著一個方形的井看，也趕緊旋身跑回團員身邊。

在入口不遠處，有個長方形的井，與其說它是井，不如說是個奇怪的凹槽；以石頭圍起來的長方體，範圍頗大，長寬約是兩公尺乘以五十公分，半人深，但裡頭只有雜草、碎石遍布，看不出有什麼古物。

「停棺嗎？」賴眉宇問著，一具棺材的確放得進去。

「特地把棺木放進這個槽裡？還真麻煩……拿出來也很麻煩吧？」念憶摸著下巴，環顧四周。「可是感覺這個是很重要的……以前這邊該不會是神像吧？」

「這個槽是神像下面的基座嗎？不會吧……空心的耶！」

小平哥賣關子不說，就是一直讓大家猜，季芮晨好不容易擠進一個空隙，仔細的往槽裡瞧，卻什麼端倪也看不出來，連點殘影的提示都沒有。

不過，身邊七嘴八舌的，讓她愣了一下。

『啊啊啊啊……』

『神聖的國王啊……』

哽咽的聲音傳來，她歪了頭，伸手往內牆探去，才一貼上，就聽見了一種奇特的嗶剝聲響，連綿不絕。

「火葬處？」話是她說出來的，但是自己卻愣了一下。「在這裡燒屍體？」

「咦？誰說的？」小平哥立即雙眼一亮的看向季芮晨，「小姐，答對了！」

「什麼？」大家不由得異口同聲，「在這裡燒？」

「是的。印度教是火葬，國王死後就在這兒焚燒成骨灰，他們相信火化後會進入輪迴，開啟另一條生命之路，所以叫變身塔。」

簡單來說，變身塔就是火葬場。

「哇！小晨，妳好厲害喔！」小朱用驚訝的眼神望著她。

「對啊，怎麼猜的？」連鍾岱珈都用崇拜的眼神看著她。

「呵，瞎猜。」季芮晨敷衍的回答，難道她要說是這裡古老的鬼說的嗎？

不知道幾百年前的魂魄未散，還在哀悼他們的君王，如此忠心耿耿，在現代幾乎已經看不見了；而手探到火葬場的內壁，她聽見的是烈火的聲音，還有燃燒東西的劈啪聲。

「好了，大家可以上去看看，還可以拍照喔！」小平哥放大家自由活動，「來試試看手腳並用的上樓梯吧！」

大家立刻解散，興致勃勃的往超高的樓梯那邊去，李文皓帶著自己跟周樹紘的小孩，正遲疑該怎麼帶小孩上去，這種樓梯對孩子而言很是危險。

小朱他們在驚呼聲中一邊往上爬，笑聲越來越少，因為這種樓梯真的要專心，分心嬉鬧只會造成危險，萬一不小心踩空滑下來，那根本是死路一條。

『燒……燒死他！』

『就算燒成灰也不夠……』

咦？中文？原本也要上前的季芮晨立刻回身，鬼魅的聲音距離她有點遠，不在身邊，但她還是聽見了交談聲。

『活活燒死吧……再痛，也不及我們的痛……』女人的聲音，一如這兩天她聽過的。

咚咚咚……有個東西從樓梯上掉了下來，像是球一般一階階的滾下，季芮晨不動聲色的以眼尾瞄去，看見一顆血淋淋的人頭在階梯上跳躍著——四目相交，它還咧開了嘴衝她笑著。

媽呀！季芮晨立即閉上雙眼，這太誇張了！

季芮晨加快往上爬的速度，好不容易才爬了上去，這兒有許多大象石雕，據說全是守護者。她假裝拿起相機拍照，實際是仔細聆聽說話聲，鬼魅交談聲太雜，這邊是幾百年的古蹟，有太多太多靈魂的聲音，她必須專心，才能夠分離出自己想聽的……

「小晨！」肩上突然一個重擊，嚇得季芮晨花容失色。

她跳了起來，回頭看向高大的小林，簡直想罵髒話——他一定要這樣嚇她嗎？

「你做什麼？我早晚有一天會被你嚇死！」

「妳不上去看看嗎？」小林皺起眉，「妳呆站在這邊拍大象很久了耶。」

「沒什麼……我拜託你，小林，我心臟再強也會被你嚇出病來啦！」季芮晨哀求般的說著，「先出一點點聲，不要動不動就往我肩膀一壓。」

「啊，對不起……」小林尷尬極了，「我很怕妳落單又、又看見什麼。」

「我會小心的。」她無奈的搖搖頭，被他這麼一打擾，再也無法專心，耳邊剩下跟耳鳴一般的嗡嗡細語，號哭聲、大叫聲，她懶得理了。

再往旁邊的高處走去，她雙手往前一放，就放到了第三階樓梯的平面，瞧瞧這樓梯有高有多陡！

每一階真的都要靠手才能攀爬，而且腳板也必須打橫，這梯面遠小於她的腳面，再加上崩壞跟磨蝕，讓階梯變得更加滑溜，簡直是步步驚心，每一步都得謹慎穩當才行！一直到中間梯面較寬的地方，季芮晨稍稍停下腳步，回首可以俯瞰下方的一切，沒有幾階卻有這樣的高度，再往身後的樓梯看，她只慶幸自己沒有懼高症。

嘿休一聲再往上攀爬，小朱他們的笑聲不絕於耳，已經在拍照了，雖說是四肢同時爬樓梯，但因為樓梯過於陡峭，走上來雙腳還是挺痠的，終於到了頂端，再往下一看，就可以看見寬闊的景色。

身邊有其他旅客要離開，下樓梯時格外戰戰兢兢，季芮晨決定不去想等等下樓梯的窘況，這難度比上樓梯多了一倍，危險度也多出一倍，可是能這麼居高臨下的感覺還真不錯。

上頭幾座神殿依然維持吳哥窟的風格，巨石堆砌後雕刻，女神像栩栩如生，婀娜曼妙，佛像微笑以對；季芮晨拍了好幾組照片，一直繞到其他的塔區，連假門的雕刻都很特別，如果是拍電影，一定會覺得這門上有機關。

這裡相當安靜，其他人都在前頭拍攝遠景，或是合照，她喜歡拍風景，這邊的靜謐反而能讓她拍出好照片。

『他們根本不值得活下來……』

『快點動手吧！我們要一個公道！』

季芮晨聽見了熟悉的聲音，動作還是假裝拍照，從容不迫。

『我想要把微笑也鑲在這裡的牆上，可是我笑不出來啊！』

『讓他們去死！快點！』

『推他下去！』

咦？她愣了一下，推？為什麼用這個字眼？

『汙辱……你們不能以血玷汙我們的神聖！』另一股齊鳴聲忿怒的響起，迴盪在空蕩的神殿裡。

『阻止他們！鮮血不能沾染聖堂！放肆！』

什麼東西！季芮晨飛快的想往外跑，結果身邊的獅雕尾巴卻突然揮動，直接擋住她的去路。

哇啊！季芮晨整個人摔在地上，仰望著兩隻石獅，咆哮低吼著望著她，用責備般的眼神，不停的移動前爪。

「不關我的事吧？」她圓睜雙眼，做人做事要講道理啊！

『太放肆了！你們以為這裡是哪裡——』腦中傳來震天價響的怒吼，季芮晨縮起頸子，下意識的摀起雙耳，那聲音在腦裡迴盪。

她咬著牙很快站起，踉踉蹌蹌的想扶牆而離，卻看見牆裡的陰刻神像橫眉豎目的望著她，手上拿著的棒杵直接朝她揮過來。

開什麼玩笑！她向一旁閃過，看著那雕像在壁龕裡掙扎，一手扶著雕花扶壁，吃力的移動身子往外，手裡的棒杵揮舞著，看來怒不可遏。

季芮晨連眼睛都來不及眨，神像居然一棒打下，她下意識伸手去擋，那棒杵狠狠的擊上她的右臂，痛得她尖叫。

「哇呀——」

「啊——」

而另一頭的尖叫與驚呼聲壓過了她的叫聲，最終是巨大的碰撞聲，讓她傻住。

『來不及了……嘻！』

半身都已經離開壁龕的神像忽然停止動作，冷冷的瞥了她一眼，最終安靜的又回到了壁龕裡。

季芮晨雙腳一軟，滑坐在地，背部已經被冷汗浸濕，她從來沒有遇過這樣的狀況，為什麼神像會動……不，為什麼它們要動？為什麼要如此盛怒的揮棒，針對她？

外面就算有什麼，也不該是她的錯啊！

從小就被魍魎鬼魅包圍著長大，又不是她自願的。

『滾！請立刻離開這裡！』身邊的語調嚴厲的傳來，『妳沒有資格站在這裡！』

她？季芮晨完全呆愣，這些傢伙是在對她說話嗎？

奔跑足音傳來，小林氣喘吁吁的跑了過來，不可思議的望著坐在地上的她，又是一種「妳又發生了什麼事」的臉。

「小晨，妳……」他跑過來一把將她拉起，「摔倒了嗎？」

季芮晨沒吭聲，滿是委屈跟敬畏。

「這裡很危險的，就算不是樓梯，腳一滑，摔下去都是兩、三層樓高，妳留點神吧！」

「剛剛……的聲音是什麼？」她啞著聲問。

小林緊皺起眉，神色凝重。「有人摔下去了，我要趕緊集合大家。」

「咦？誰？」

「李家的大兒子，李承恩。」

# 第五章

「小恩！」痛徹心扉的哭聲響徹雲霄，李太太幾要昏厥。

觀光客們在陡峭的樓梯上來回爬動，由於吳哥窟的階梯不能像平時只使用雙腳輕快下樓，勢必得手腳並用，不管是面向階梯，加以雙手攀著石階，或是背對階梯步步往下，雙目只能專注看著自己的腳步是否穩當，因為一旦失神向下看，通常只會更加緊張。

無論哪種方式，所有人都只會專注於雙手與雙腳，所以根本沒有人看得到周遭事物，也就無人知道事情究竟是怎麼發生的。

事發當時，幾乎大家都正往樓下走，小朱他們都靠左右兩側走，因為樓梯包夾在兩側高聳的石牆裡，靠牆走的好處是除了有階梯可以攀，遇上年久失修的缺角，還可以扣著一旁的石牆當輔助。

李文皓一家也是，爸爸照顧周樹紘的兩個兒子，李太太照顧自家的兩個小孩，讓孩子靠著牆邊走，就算男孩子活潑好動，但遇上這種樓梯也是嚇得不敢動彈，李太太一步步拖扶著他們，就站在孩子身後盯著。

大兒子承恩年紀跟膽子比較大，他是面向樓梯往下走的，爬了幾階後發現到訣竅，只要雙手攀得牢，根本沒有什麼好擔心的，或許藝高人膽大，動作格外俐落。

賴眉宇有聽見李太太回頭喊「不要走那麼快」，那時她跟著抬首往上看，卻看見李承恩的身體壓了過來。

她立即嚇得尖叫，就看見李承恩從她身邊滾落，緊接著尖叫聲四起，剛走完樓梯的阿丹跟阿士是看得最清楚的目擊者，他們才抵達平地就聽見咚咚咚的聲響，李承恩的身體在石階上撞擊，頭顱噴濺出鮮血，阿士嚇得將女友往後拉扯，兩個人慌亂踉蹌，直到那癱軟的身體一路滾到他們面前。

李承恩的頭像摔破的西瓜，頭骨裂開，鮮血與腦部組織都滲了出來，不停的汩汩流著，瞪大的雙目瞠著，驚恐的神情是他最後的樣貌。

往上一瞧，那古老的石階上，怵目驚心的鮮血像畫筆渲染畫布般，潑灑在樓梯上，一路而下。

「我聽見慘叫聲才抬頭的，那時候我正在下樓！」賴眉宇哽咽的說，她嚇得臉色蒼白，因為那孩子是擦過她身邊摔下去的。

換句話說，如果偏了一點，只怕賴眉宇會一起被撞下去，頭破血流而亡。

「沒事、沒事了……」張銘偉緊抱著發抖的她，事實上那時他也在她身邊，卻完全無法反應。

如果賴眉宇真的一塊兒被撞下去，他勢必會自責為什麼沒有在第一時間把女友拉到身邊……但是幸好，這樣說或許有人會覺得很過分，但是真的幸好她沒事。

現場圍起封鎖線，李氏夫妻的哭聲不絕於耳，孩子們被帶到旁邊去，不該讓年紀尚小的他們目睹屍體淒慘的模樣；只不過當地警察風格挺閒散的，遊客從古蹟高處摔下也不是第一次了，在世界聞名的小吳哥中，最長最陡的樓梯，名為「天堂之路」，也早有人真的在參觀時上了天堂。

最為人所知的是一對法國夫妻，妻子慘死後，丈夫在悲慟之餘，深怕有更多人再踏上死亡，於是捐贈了一萬塊美金，在那危機處處的天堂之路上搭建木梯，木梯並配有穩固的扶手，讓世界各國的遊客能安全的上下。

一萬美金，政府其實不可能拿不出這筆錢，但吳哥窟古蹟絕大部分都是由「聯合國教育科學文化組織」負責修繕，而非柬埔寨當局；小平哥言語中透露，這裡收賄嚴重，官員多有問題，即使觀光如此發達，人民也不怎麼奢望能過更好的生活。

其實從小孩大軍就能窺見一二。

每一石階已經超出安全範圍的高且窄，在這危險的情況下，還有更多缺角、崩落、磨圓之處，可謂危機處處，大人其實謹慎點還是能有辦法上下，不過躺在沙土地上的李承恩，就證明了失足的下場。

「我聽見尖叫聲時嚇一跳，我剛好抵達地面，抬起頭只看到那個小孩滾下來……」阿丹顫抖著聲音，被阿土圈在懷裡。「我根本不知道怎麼回事，我只看見、看見……」

她雙眼茫然放空，下一秒忽然滾出淚水，阿土更加用力的抱緊她，並朝小平哥搖了搖頭。「那小孩的頭一撞上樓梯就噴出一堆血，一路滾下來，血濺得到處都是，骨頭的撞擊聲我們都聽得一清二楚，我看他的速度越來越快，知道不能再繼續站在樓梯下，就拉著阿丹拚命往後退……」

而事實也證明他的考量是對的，因為重力加速度，加上樓梯的斜度，李承恩的屍體在後期越滾越快，最後落在距離階梯兩公尺的距離，如果他們兩個不跑，就會被屍體砸個正著。

小平哥臉色鐵青的向警察翻譯，其他各國觀光客幾乎必須止步，但很多人朝這裡遠眺著，絮語紛紛；團員都聚在一起，大家不發一語的看著現場，小林眉頭未舒，看著每個團員，就怕又出事，小平哥則一邊跟警方溝通，一邊跟老林通話。

李氏夫妻跪在一旁哭得泣不成聲，然後擔架過來，警方要把屍體抬離。

季芮晨默默的站在陰暗的角落裡，左手緊扣著右手臂，那裡正隱隱作痛，方才石像揮動木杵朝她的手劈下，那痛楚驚人，她悄悄的拉開薄襯衫，可以看見腫脹通紫的痕跡。

現場也只有她知道李承恩的死不是意外。

爬上石階時，她就已經聽過那咚咚的聲響，也看到一顆血淋淋的人頭訕笑而過，她知道有不祥，可是當壁龕裡的神像移動並攻擊她時，她以為不祥是要發生在自己身上的。

結果，這只是小事，真正出事的是一個孩子。

又是孩子。

撫著發疼的手臂，她滿腦子都是問號，不懂為什麼神像會動，而且還出手傷她？難道是因為跟在她身邊的鬼嗎？那又不是她引來的，也不是她養的小鬼，是他們自己喜歡圍在她旁邊囉哩叭唆啊！

『嘻嘻……第二個！第二個！』一串笑聲驀地又從她身後傳來，季芮晨倏地向右後方看過去，在斑駁的石牆上看見扭曲的空氣。『摔爛了！摔爛了！』

『好好聽的聲音喔，再哭大聲一點！再哭大聲一點！』

『想不到他們也有眼淚啊，哭得這麼傷心……』

女鬼們笑著說，季芮晨分得清楚，是那四個面目全非又血肉模糊的女鬼，來自台灣，一樣的語氣、一樣的腔調。

『純潔的孩子……還要更多……』

季芮晨瞪圓了眼，這語調可不是一般啊，這是柬埔寨語——是當地的鬼！

『交換，把孩子獻出去，我們就能離開了吧？』

『可以的！一定可以……好久沒有鮮血了，純潔的奉獻，讓我們自由！』

『離開！快點讓我離開！』

季芮晨嚇得站起，最後一聲，幾乎是在她耳邊喊的。有沒有搞錯，對她喊？

「小晨？」小朱被她的舉動嚇到，「妳怎麼了？」

季芮晨還摀著右耳，她倉皇的望向小朱他們，一時答不上話，只顧著往右邊看；天吶！

到底有多少東西跟在她旁邊？為什麼當地的鬼越來越多？神像出手傷她、鬼也纏上她，這到底怎麼回事？

「沒事……大概天氣太熱了。」季芮晨手撫著右額，胡亂編個藉口，卻沒注意到襯衫因此滑開，露出青紫色的傷痕。

「咦？那是什麼？」念憶立即上前，「小晨，妳受傷了？」

咦？受……季芮晨驚覺到露餡，趕緊放下手用襯衫擋著，但是大家都瞧見了，立刻圍了上來。

她的右手被小朱抬起，襯衫一揭開，就是寬達十公分的瘀青，幾乎布滿整個手肘，現在是紅紫色的，看得出來是新傷。

「我不小心撞到的，沒事……哎！」她咬著唇，輕碰都疼。

「腫起來了耶，妳是撞到什麼，怎麼會這樣一整條？」紅紫一條橫在手肘上，也跟著浮腫出一條小丘。

「獅子。」季芮晨急忙想把手抽回來，但是小朱他們已經拿出紫草膏來幫她上藥了。

「欸……我自己來好了，很痛。」

「怎麼了？」小林看見大家圍成一塊兒，忍不住過來察看。「咦？這是怎樣？」

「沒事，撞到而已。」季芮晨尷尬說著，小林一定又會覺得她又惹到什麼了。

小林果然皺眉，不過沒多說，只是阻止小朱上藥，說他有帶祛瘀的藥膏，拉著季芮晨就往車上走，順便吆喝大家上車。

「李先生他們呢？」鍾岱珈往警車那邊看。

「他們要去醫院，還有警方的事要處理，老林會過去幫忙。」小林重重嘆口氣，「昨天是周先生，今天是李先生……」

大家陸續上車，上完藥的季芮晨忍不住看著在陽光下的變身塔，她沒來由的覺得不舒服，事情還沒結束……她知道，先不管那四個女鬼的意圖，她擔心的是為什麼連這裡的鬼都加入了？

那種對於孩子死亡的雀躍之情，她感受著，也恐懼著。

昨天是五歲的女孩，今天是十歲的男孩，都只是孩子，怎麼會有這麼大的仇恨？更別說……為什麼要針對孩子？

她扭開水瓶咕嚕咕嚕的喝完，心急口渴的走到前面去，她記得領隊座位那邊有兩箱水的。

「不是我不盡責，你們這團太奇怪了！」

前門外，小平哥正凝重的跟小林在說話……不，是爭吵。

「小平哥，我不懂你為什麼這樣說，你不能說不帶就不帶啊！」小林急切的說著。

原來是方才小平哥突然上前，說他幫忙處理完李先生的事後就停工，不再帶他們這團。

「太危險了……我帶團那麼多年，從來沒有出過什麼大意外，昨天翻船就已經很詭異了，我們是在湖裡，不是海上啊！」小平哥眼神裡淨是驚恐，「我昨天就已經覺得不對勁了，今天又發生這種事，這太玄了！」

「這都是意外，你怎麼會因為意外就說不帶團呢？」小林焦急不已，「而且你說不帶就不帶，那我們怎麼辦？」

「照理說我要安排替補，但我不能害我的同胞。」小平哥說得煞有其事，「你們還要繼續行程嗎？情況都糟成這樣了！」

「為什麼不要？」看不見的右手邊傳來聲音，有人在後門附近。

季芮晨取出水瓶後也走下階梯，站在前門邊從照後鏡看著外頭，小平哥跟小林就站在車子邊，而後門走來的是溫柔的鍾岱珈。

「鍾小姐。」小林尷尬的回身，不認為跟小平哥的談話可以讓團員知道。「我們只是在討論一些變更或是……」

「你們不要動不動就想要停止我們的行程好嗎？」鍾岱珈聲音如人，溫和輕柔。「出事的是李先生的孩子，他們自己去顧就好了，我們還有這麼多人，為什麼又想要我們因為他們不能玩？」

小平哥明顯的錯愕，一般說來，團裡發生事情，大家很難再玩得盡興，季芮晨完全理解他的驚訝，因為她也有一樣的感覺，已經一死一重傷了，可是這團的人還是覺得玩比較重要。

剛剛大家忙著安慰臉色嚇白的賴眉宇這一對，還有阿丹那一對，就是沒有人理睬喪子的李文皓一家，這點非常非常的奇怪，完全不近人情。如果說昨天周樹紘的狀況是因為廢死組織的身分惹得大家不快，那李文皓呢？因為他幫周樹紘說話嗎？

好怪！季芮晨咬著唇，這裡的鬼很怪、神也怪，就連團員也都怪。

「不是，妳誤會了，我們當然不會擅自停止行程，這都要經過大家同意的。」小林趕緊解釋，「小平哥只是擔心大家可能會不舒服，所以才提議的。」

「那就好，我還想繼續走呢，塔普倫寺、十二生肖塔那些都很有趣，別壞了我們的興致。」鍾岱珈用純真的臉龐說著不近人情的話，「至於李文皓他們是很遺憾，但畢竟那不關我們的事，所以不能影響到我們。」

「嗯，我一定會經過大家同意的。」小林笑得很不自然，尷尬的點頭。

鍾岱珈劃滿了可愛的笑容回身，三步併作兩步朝男友走去，兩個人嬉鬧笑著，小平哥表情更加難看，不停的搖著頭。

「我沒看過這樣的團員，每個都這麼年輕有活力，卻那麼冷酷，有人死了啊！」小平哥壓低了聲音，但還是難掩激動。「剛剛一個孩子摔破了頭，可是那女生只想著要繼續玩，再怎麼事不關己，也不至於沒有同理心吧？」

「這個我不予置評，我們按工作來說。你如果有事不能帶我們，那沒關係，替代的人要找來。」小林語重心長，「你也看見了，我們團員要繼續行程，就不能沒有地陪。」

「你們去申請吧，我不想造孽。」小平哥語出驚人，「跟著你們這團，遲早會出事的。」

小林瞪大了眼睛，沒想到小平哥話說得這樣直白。

「為什麼這樣說？」季芮晨也忍無可忍了，她走下了車。

小平哥回身一看見她，身子顫了一下，臉色明顯的更加慘白。「妳……」

我？季芮晨眨了眨眼。

「從她瞧見佛睜眼後，我就知道了，連神佛都注意到你們這團有問題，還有濁氣，從一接你們開始，我的玉鐲就染黑了。」小平哥邊說，邊激動的亮出自己手上的鐲子。「回頭我問了幾次卦，都是大凶！」

「嗄？小平哥，你現在是在跟我開玩笑嗎？你這鐲子看起來很正常啊，漂亮的深綠色。」小林簡直快哭了，現在是在演哪齣？

「這原本是白綠色。」小平哥高舉著手，指著深綠鐲子說那該是白綠，著實讓季芮晨嚇了一跳。「我只能說好自為之。我能去頂老林，處理醫院警方的事，這邊你們就自己想辦法吧。」

才在說，身後一輛電動機車過來，這兒的機車後頭都還接著棚子，內有四張座椅，是這兒的計程車。

小平哥連連鞠躬行禮，就急著往計程車上去，小林追上去喊都沒有用，計程車就這麼駛離，留下錯愕不已的小林。

「這怎麼回事啊？」小林氣急敗壞的說著，「他就這麼肯定問題是出在我們這邊？」

季芮晨咬著唇，回頭仰首一瞧，大家都從車窗往下看，狐疑的交換眼神跟著討論起來，她才要驚訝咧！小平哥說得跟真的一樣，寧願去醫院顧周李兩家，也不願繼續帶這團？

「姊姊，漂亮。」才閃神，小孩大軍突然出現。

除了衝上前喊「姊姊，漂亮，買～」的之外，剩下的就是更小的在要錢跟要糖，這真的比在三越站前店等人還艱辛，那些推銷跟賣筆的還不至於如此張狂，因為這些孩子可是黏得超緊又一路跟到底。

「買！姊姊！一塊錢！」一個小女孩拿著一本明信片拉著她兜售。

「呃……」季芮晨有些錯愕，而且一個圍上，一堆都湧了上來，賣扇子賣絲巾賣紀念品的到處都是，她頓時間被包圍，尷尬的連聲說NONONO。

不過其他人倒沒這麼想，小朱迸的一下跳出來，手裡還捏著錢包，孩子們眼尖，立刻就轉向她，然後念憶、阿丹，甚至賴眉宇、鍾岱珈大家都急忙跑下車，熱情的選購起來。

「反正現在還沒立刻要出發對吧？」張銘偉問著小林，「我們都還沒買紀念品，這些小孩賣得超便宜！」

「……還沒。」小林的心思不在這，他現在想的都是地陪的問題。

季芮晨瞬間脫困，緩緩退到一邊去，才發現有個揹著紀念品的小女孩，正仰首盯著她不放。

「NONO。」她指向小朱他們，買家在那邊。

「我知道妳聽得懂我說的話。」小女孩突然開口對著季芮晨劈里啪啦，「妳是來幫助我們的吧？」

她用力眨了幾下眼，下意識的往旁邊看去，幸好身邊沒有其他人。

「妳是誰？」她很小心的，用柬埔寨語回著。

「妳身邊真多啊……」小女孩劃上一個不屬於孩子的笑容，「等了這麼久，終於等到一個能讓我們自由的人了。」

「我不管事的。」季芮晨撂下了話，「我不幫誰，也不站在誰那邊，我只是來玩……你們別找我。」

「呵……妳已經幫了。」小女孩望著她的雙眼裡倏地一片血紅，季芮晨倒抽一口氣，打掉她拉著自己衣服的手，連連踉蹌。

不等小女孩反應，她立即往車上奔去，急速的跑上車，只是才剛衝上走道，才發現大家都下車買東西了——但是，車裡卻還有四個人。

四個長髮的女人，錯落的站在四個位子上，亂髮覆面糾結，血從髮絲上不停的滴落，身上的衣服破爛不堪，低垂著頭就卡在那兒。

季芮晨戛然止步，緊急扣住第一個座位的椅子，嚇得僵住身子。

這四個女人即使在白天還是散發著慘綠的感覺，直接影響了車內所有的磁場，放眼望去，車子裡的空氣全數波動，而她的耳鳴更加嚴重。

有無數種語言正在交談，氣忿的、渴望的、咆哮的、哭泣的，全部同時出聲……那四個女人為什麼在車上？想說些什麼？同時這麼多人說話她聽不見的！

季芮晨難受的想摀住雙耳，左手才要離開椅子，不知哪來的一隻手倏地握住了她的左手腕，連尖叫都叫不出來，她圓睜雙眼看著那憑空而出的右手，那是隻紅褐色的骷髏骨手，腐敗得非常徹底，只剩下骨頭而已，只是骨頭上覆著沙，當他握著她的手腕時，一層又一層的沙滑了下去。

像吳哥窟遍地的沙子一樣。

那是這裡的鬼，季芮晨知道，都多少經驗值了，她怎麼會不知道！

「季小姐！」身後傳來腳步聲，是小林上來了。「妳還好嗎？」

小林一上來就發現季芮晨卡在走道口，他狐疑的看著她的背影，沒有得到任何的回應，只有持續僵硬的身子。

看不見嗎？季芮晨使勁的想要把手抽回來，但那骨手更加用力的箝住她，沙塵漫天，而車子後方的四個女人居然開始移動！

『不……許走……』終於有個聲音突出，卻帶著警告。『妳不許走！』

放手放——季芮晨使勁掙扎，眼看著四個女人都移出到走道上，光裸著腳往她這邊來了——

這真的太誇張了！

說時遲那時快，一串佛珠忽然甩上她的左手，咻咻咻的繞了三圈後，另一部分直接往骨手的方向去，季芮晨接著聽見一聲慘叫，那骨手倏地鬆開，而走道上的四個女鬼更是消失得迅速。

同一時間，季芮晨雙腳一軟，居然整個人往後癱去。

「欸欸……」小林忙不迭的接住她，車外買得正熱烈，根本沒人注意到車上的異狀。

小林就近將她扶坐在第一個位子上，季芮晨全身打著哆嗦，有種血液逆流的噁心感。

「妳臉色好蒼白……已經沒事了，放心。」小林拉過她的左手，「他們是專找妳麻煩嗎？」

季芮晨失神的雙眼緩緩對焦，落在小林臉上。「你——你看得見？」

「當然看得見，瞎子才看不見吧？」小林舉起她的左手，「妳自己看。」

咦？季芮晨望著自己的左手，該死的出現明顯的勒痕，一根根骨頭印清晰可見，不知道的人還以為是惡作劇，拿什麼骷髏手套來掐住她的手。

「你是看見這個？」她有點失望。

「嗯，痕跡憑空越來越深，所以我想是有東西抓住妳的手，才拿佛珠擋擋。」小林說得很泰然，從腰包中拿出一個藥盒。「車上的嗎？有幾個？」

「四個看得見的女鬼，剛剛握著我的只有手。」她發現小林的藥盒很奇怪，不是任何一家藥廠，只是一般補充盒。「你這是什麼？」

「很有效的藥，被鬼抓傷都能祛邪。」小林說得頭頭是道，仔細的為她上藥。「現在車子裡還有嗎？」

「我又不是陰陽眼。」她咕噥著。

「哇靠，妳這還叫不是啊，剛剛都說有四隻了。」

「那是他們願意現身我才看得見，一般我是看不到的，所以抓我左手這個只有手、手！」季芮晨皺了一下眉，明明沒傷口，可是上藥的時候會有股灼熱感。「你才深藏不露吧，好像什麼都知道。」

「沒啊，我很鈍的，都看不見，可是要當領隊就得假設團員會遇到，所以什麼東西我全都有準備。」小林笑得很溫和，濃眉大眼加上陽光般的笑容，老實說令人相當舒服。「妳坐著，我去處理一下。」

處理？季芮晨狐疑的回首，就見小林起身，從他放在位子上的大背包裡拿出一罐噴霧，就一路順著走道往車子後方走，左左右右，對著每個位子都嘶嘶咻咻的噴了好幾下。

「那又是什麼？」

「艾草液，辟邪的。」小林噴完一圈後走了回來，「所以呢，妳有沒有什麼要跟我說的？」

「我……」她遲疑的蹙眉，「你、你信我說的嗎？」

「信！做為一個領隊，什麼都得信。」小林居然笑了起來，「或許我們無能為力，但是我們得信，得試著讓團員們平安回家。」

季芮晨深吸了一口氣，用最簡短的方式告訴小林她聽見看到的一切，包括右手那被神像一棒打下的傷痕。

小林聽著只有蹙眉，眼裡充滿疑惑，因為季芮晨遇到的狀況，幾乎跟小平哥的論點不謀而合，有什麼不吉的東西在這團裡，或是跟著誰；而季芮晨敘述的一切，讓人感覺鬼是黏著她的。

「好便宜喔！」後門傳來小朱熱鬧的聲音，看來大家血拚完了。「我這個殺到五個一塊耶！」

「我殺一點點而已，我覺得夠便宜了，想說讓那些小朋友賺多一點。」阿丹抱著一堆絲巾，後頭的阿土還拿了一堆紀念品。「紀念品在這站就買齊了，好讚！」

「不是說還有咖啡什麼的？領隊應該會幫我們準備吧？」賴眉宇同樣大包小包，看來大家是滿載而歸。「嗯……什麼味道？」

「咦？」小朱把東西往椅子上一扔，「對啊，這什麼味道，好怪喔！」

每個上來的人都在那邊嗅，小林趕緊出聲，跟大家解釋剛剛噴了點消毒液，過一會兒味道就會散去的。

「我們接下來要去哪裡呢？」阿丹好奇的望著小林，血拚夠了，該繼續走行程了。

「嗯……先去寶劍塔吧。」小林躊躇了幾秒，「然後我想跟大家討論接下來的行程……畢竟一下子少了九個人。」

「噢，對啊，一口氣九個。」念憶往身邊看了一下，「只剩下我們四個，賴眉宇跟鍾岱珈兩對、還有小晨。」

「一樣可以玩吧？」謝宇宸提出問題，他知道剛剛鍾岱珈跟小林的爭執。

「大家都決定要繼續行程的話，那我們就繼續。」小林認真的點頭，一一掃視每個人的雙眼。

季芮晨深吸了一口氣，她站起身，緩緩的往位子上走。

「我想問大家……都不覺得李先生的孩子很可憐嗎？」她邊走邊問。

這句話瞬間改變了氣氛，每個人都斂起笑容，用帶著微慍的神情瞪著她，彷彿她問了不該問的問題。

「是很可憐啊，不過走路不好好走也沒辦法，又不是我們推他的。」念憶聳了聳肩。

「滿慘的，我們這團連著兩天都出事，不過因為這樣停止行程，就說不過去了。」鍾岱珈說得理所當然，「同情是一回事，行程是一回事，畢竟大家只是萍水相逢，不太可能有什麼感情吧？」

「他們是很可憐，但因為別人的事影響到我們的心情，就太不划算。」小朱皺著眉看向季芮晨，「小晨，妳這樣問是什麼意思呢？」

「我……」

「大概是覺得我們冷血吧。」阿丹昂著頭，用敵視的目光瞧著她。「覺得別人都家破人亡了，我們卻只想著自己。」

「我不是那個意思！」季芮晨厲聲說著，「我只是想知道你們的想法，因為你們的思考很不一般！」

「一般？」阿土懶懶的說著，「我討厭偽善，我連他們的名字都叫不出來，裝什麼好人？」

噗……其他男生也跟著笑了起來，緊接著車上居然笑成一片。

季芮晨也尷尬的賠著笑，緩步的走回座位，小林則去吆喝司機上車，要求他先載大家去下一個景點——寶劍塔。

「小晨，別想太多，管好自己的事就好了。」後面的小朱湊了上前，「這裡有很多夢想中的行程呢，《古墓奇兵》的塔普倫寺，還有十二生肖塔，都超讚的！」

這兩個點非常吸引人，鍾岱珈也是滿心想著去這兩個地方。

「我知道，就是心裡不太舒服。」她擠出苦笑。

「我們也是啊，可是還是要繼續過。」她聳了聳肩，「人生嘛！」

車子緩緩駛離，季芮晨望著窗外，遠處石梯上依然留著李承恩的血，一道又一道的噴濺痕跡，她絞著雙手，思考著從昨天開始發生的一切。

她知道，事情還沒完。

還會出事，還會有人身故，還有更多的鬼意圖作亂，甚至意圖「離開」！她不明白這中間會發生什麼事、不明白那些鬼的目的，她只知道，自己絕不選邊站。

下意識望著腫脹的右手，她是Lucky Girl，一向都能全身而退……不知道為什麼，此時此刻，她居然再也無法深信不疑。

# 第六章

今天的房間更暗了。

季芮晨一打開房門就這麼覺得，不只燈光更暗，濕氣更重，連溫度都比早上來得低很多；她深吸了一口氣，走進房裡後將所有燈都關掉，就剩下梳妝台上一盞昏黃的燈。

「在嗎？」她站在鏡子前，低聲的說。

結果沒有出現熟悉的聲音，她閉上雙眼，想要捕捉自己從小聽到大的聲音。從有意識開始，她身邊來來去去的鬼魅太多了，她見不到鬼卻聽得出聲音，有幾個伴她二十幾年的鬼，從來到吳哥窟後，就一句話都沒說過了。

不可能消失吧？要走早就走了，平常囉哩叭唆得要死，為什麼這兩天連一句警告都沒有？

「被鎮住了嗎？回答我！」季芮晨依然緊閉著雙眼說著，「我只要一個提示，這件事跟我有關係嗎？」

她期待的回應依然沒有，季芮晨嘆口氣，不知道那些傢伙是故意的，還是被什麼鎮住了？她才想睜眼，卻突然感受肩上一陣冰涼……有東西貼上她的肩膀，是手，有什麼站在她身後，扣住了她的肩頭。

她的感受並沒有錯，此時此刻有四個灰暗的人影站在季芮晨的身後，那四個女人正貼近她，其中之一伸長了手，越過她的肩頭，用殘缺的指尖在鏡子上頭寫字。

鏡子發出刺耳的尖銳聲，季芮晨縮了一下頸子，那是指腹甚至是骨頭磨擦鏡面的可怕聲響，逼得她全身雞皮疙瘩都竄起來。

『跟著……妳……』另一個女人狀似親暱的朝著她臉上貼去，『跟著……』

季芮晨感受到寒氣吹上臉，全身冰冷而僵硬，尖銳聲未止，肌上的冰冷也未褪，表示黏在她身邊的人話還沒說完，但是她已經不想聽了！

「小孩是無辜的！我也是！」她咬著牙說，「不要把無辜的人捲進妳們的是非裡！」

她近乎咆哮的喊出聲，緊接著倏地睜眼——鏡子裡映著她跟四個清晰的女人身影，一如往常的糾結亂髮，以及因血而黏膩的長髮，還有一隻手仍停在鏡子上。

順著那隻手往後望，手臂上頭全是傷痕，皮開肉綻得像是亂刀切劃，季芮晨瞪大了眼睛看著她們，她並非不害怕，而是她已經被包圍了，連要逃都來不及吧！

叮——咚！電鈴忽然響了，女鬼們在瞬間消失，即使身上殘留著冰涼，但至少她們走了。

「季小姐！」是小林。

季芮晨虛脫般的打開門，臉色並不好看。「來得真是時候。」

「妳……」小林不安的往她房裡看，「裡面有？」

「剛剛有。」她打開門請他進來。

回身把燈都打開，小林也發現到剛剛室內暗得要命，不過現在燈就算全開了，還是有種詭異的昏暗感。

「妳房間真的怪怪的。」

「我開始覺得跟房間沒關係了。」她無力的說著，往床上摔。「天吶，好累……」

「我帶了點甜的給妳。」小林有些謹慎的觀察房間，把巧克力甜食往季芮晨身邊放。「護身符沒有效嗎？」

「沒有。」她喃喃說著，看著床上的零食，決定先補充熱量。

大家剛吃過中餐，因為李家的事故讓老林忙得暈頭轉向，加上小平哥的離去，小林忙著再商請新地陪過來，居然一一被拒絕，現在搞得騎虎難下，好聲好氣跟其他團員溝通，結果在遊覽車上吵了一架。

最後是小朱出面緩頰，因為小林是實習領隊，對這裡也不熟，大家逼他也沒用，所以今天下午的行程決定暫緩，晚上帶大家去超市買東西、逛街按摩都好，但是明天一定要繼續行程。

小林得到了半天的時間，也好跟老林商量，其實大部分的事都交給老林處理，他還只是實習階段，沒辦法那麼快上手。

而且，他覺得有更值得留意的事。

例如，季芮晨梳妝台的鏡子上，有著清楚的血字。

「紅色高棉……」他看著上頭歪歪斜斜的字跡，還帶著血紅色。「這是什麼？」

「不是我寫的。」季芮晨咬著餅乾，拉過包包。「是那四個女鬼。」

「她們還跟著妳？」小林顯得相當詫異，「護身符沒用？」

「沒。」季芮晨笑了笑，「別想太多，護身符對我來說不會太有用，我戴過幾百個，後來都放棄了。」

她邊說邊找出手機，試著尋找飯店的 wifi，很幸運的訊號極強，所以她開始搜尋資料。

「為什麼這麼說？」小林皺眉，他聽出弦外之音。

季芮晨聳肩，沒有給他任何答案。「我要積極找答案了，我覺得接下來會有更可怕的事發生。」

「拜託……」小林聽了就想暈倒，他第一次出來實習就遇上這種事，還有？

「我是認真的，剛剛有個賣紀念品的小女孩跟我說，事情還沒完咧。」季芮晨的手指在智慧型手機上滑動著，「周樹紘……哇，真多新聞。」

「賣紀念品的女孩？」小林不由得蹙眉，「她跟妳說英文？」

「沒，當地方言。」她隨口應著。

小林做了一個深呼吸，「季小姐，妳懂柬埔寨當地方言？」

季芮晨的指尖一顫，糟糕，她不小心露餡了嗎？哎喲喂呀，她一定被那些鬼搞得頭都暈了，一時不察。

「我懂，但是為什麼說了你也不信，我就不說了。」她仰起頭苦笑一抹，「你要不要先幫我避免發生麻煩事呢？」

小林凝視著她，從一開始這位季芮晨就非常特殊，狀況不斷，所以他才會一直注意她，盡量不讓她離開視線範圍；這個決定是對的，因為已經好幾次在她遇到麻煩時及時幫了她。

「我已經查過一輪了，沒有人比我更不希望團員出事。」小林尊重的不再追問，「我直覺是跟周樹紘有關，可是這種魍魎之事又不能亂猜。」

「我也這麼覺得，而且其他人對他的廢死言論也持反對票，不過受傷的卻是孩子們，大家好像把對周先生的厭惡轉嫁到小孩身上。」季芮晨望著手機喃喃說著，「我看見的是四個女鬼，但如果是過去的案子，死亡人數只有二名。」

「李先生不是更慘？無妄之災。」小林托著腮，「妳能跟鬼對話嗎？」

咦？手機忽然滑出季芮晨的手掌，幸好她坐在床上，落下的手機不至於有損害，但是她驚愕的看著小林，這傢伙是瞎猜的嗎？也太準了吧？

「你在說什麼？」

「妳能跟鬼說話嗎？」他問著，邊指向鏡子。「妳剛剛好像在跟鬼通話，還把燈都關掉。」

「我只是沒開燈。」她笑得很緊張。「然後就被纏上了。」

「是喔……」小林一臉沮喪，「唉，能問出來就好了，至少能知道她們想幹嘛，那些鬼是誰……」

季芮晨沒吭聲，小林可能也是神經大條派的，居然對於這樣的話題沒有什麼多慮或是恐懼？如果她真的照實說她能跟鬼對話，小林也能這麼處之泰然嗎？

「我……知道不止那四個女鬼。」她決定多透露一點訊息。

「不止？」小林愣了一下。

「還有當地的，吳哥窟的鬼……很古老，有的說要自由、有的說要離開、有的說要血債血償。」她聳了聳肩，「我是不知道觀光客跟他們有什麼仇，不過在李文皓的孩子死了之後，大概就有這些反應。」

小林望著她，像是被凍住一般，眼底難掩惶恐，他的呼吸變得急促，眉頭也跟著皺緊。

「這更糟！」他凝重的起了身，「我得去打個電話……」

「更糟？你別嚇我！」

「喂，是妳先嚇人的，如果連當地的鬼都攪和進來，就是糟到不能再糟了！」小林急著要往外走，不過兩步後又踅了回來，從腰包裡拿出一小尊佛像，好整以暇的放在她的梳妝台上。

季芮晨雙眼亮起，望著他雙手合十的膜拜，也趕緊溜下床，虔誠的拜了再拜。

「放著，妳別亂跑。」小林出聲警告，「算我拜託妳。」

「我乖乖在這裡，哪裡也不去。」她舉起手發誓，開什麼玩笑，她現在還敢亂跑？

除非眼下這尊佛像也要扁她，她就一定會逃了。

小林出了門，又留下季芮晨一人，她以前從來不會感到害怕跟不安，因為從小到大，陪在她身邊的「人」實在多得不可勝數，這也就是為什麼她會多國語言的原因。

身在絕佳的語言環境，比補習還有用，這個她百分之百贊成。會柬埔寨方言是因為小學老師到吳哥窟遊玩後帶回的鬼，上學時碰上就跟著她走，大概在她身邊兩年，是個非常虔誠的佛教徒，那兩年她放學都得去廟宇，不然那個鬼會不停的哭泣到她無法入眠。

她會的語言多到一般人難以想像，連拉丁語她都會，因為拉丁語那隻跟在她身邊整整十年，偏偏是個壯志未酬的拉丁學教授，非得教好一個學生才肯罷休，而她，就是那個學生。

願望一了，那個教授就再也沒有出現，這也讓季芮晨深刻體會到，那些擁有執念與未完成願望的鬼魂，根本不會輕易離開人世。死了之後卻無法升天或是進入輪迴，只能無止境的悲傷，某方面而言是一種悲哀。

不過一直聽他們抱怨的人，更悲哀。

所幸，她已經練就百毒不侵的功夫，沒自己的事就少管，聽到了也是充耳不聞，人呢，只要盡自己的本分就好了。

就像現在，她知道團內情況不佳，也知道有厲鬼跟著，平時她是不幫不理，但他們死纏著她不放，又出了人命，實在很難叫她鬆手。

幸好有小林在，他信，她就敢說。

走進浴室洗了把臉，燈光倏地明滅閃爍，這種現象季芮晨當然早就麻木了，她照做她的事，沒多久燈光穩定，房間整個亮了起來。

咦咦？她興奮的跑到梳妝台前，恭敬的朝小佛像跪拜，一定是因為這尊小佛像的關係，把有的沒的都請出去了。

恭敬的三拜後起身，她才注意到鏡子上那四個字還沒有消失。

紅色高棉，這是過去代表柬埔寨的稱呼。

但是她知道，女鬼們不是這個意思……她們想說的，是染血的未來。

※　※　※

晚上吃飯時老林歸隊，而周樹紘的太太也帶著孩子出現，醫院那邊似乎由周樹紘看顧；李文皓一家從早上出事後就沒再現身，後事可能沒這麼容易處理，而從老林跟小林的言談中，也提到李家可能要先返台的訊息。

許依婷刻意坐在角落，神色憔悴疲憊，周家的小女兒似乎還是沒有清醒，醫生也只說一切得等她清醒再說，其他的他們束手無策。

其他團員倒是混得很熟，大家坐成一大桌，嬉笑談天，每一對情侶都顯得很開心，跟角落那沮喪的許依婷形成強烈對比；季芮晨自然也跟大家坐在一起，小朱總是會為她留個位子，他們人其實很好，雖然都是一對一對，可是會照顧隻身旅遊的她。

明明是很好的人，對周樹紘跟李文皓的態度卻異常冷淡，這實在很矛盾。

「我們等一下就去按摩了對吧？」鍾岱珈舉起手，高聲問著老林。

「呃……對！大家等一下可以好好休息。」老林有點恍神，看起來很疲憊。「剛剛小林帶你們去超市了對吧？」

「對！」念憶很興奮，因為她買了超多零食。「我們可以來開 Party 了！」

阿土他們買了一堆啤酒跟魷魚絲，看得出來他們晚上要開趴；事實上大家都買了很多，季芮晨買得最少，她不懂晚上回去還要吃些什麼嗎？這兩天都是吃完晚餐就去按摩，一次兩小時，接著回飯店睡覺，她也什麼都吃不下。

鍾岱珈、賴眉宇這兩對買得更多，讓人納悶得很。

這邊在歡樂的氣氛下飽食，老林就請大家移駕，要去按摩的、要回旅館的，都得安排一下，因為許依婷他們雖然已經在第一天就預約整套按摩，但是現下根本沒有心情，於是老林就讓計程車先送他們回去，其他人則一塊兒去按摩。

吳哥窟的按摩行程長達兩小時，期間還會用大黃瓜片幫大家敷臉，算是非常享受舒服，但是季芮晨沒辦法沉睡，因為按摩時是通鋪，燈光昏暗，光線一暗她就聽見不該有的足音在附近徘徊，嗚咽聲不止。

沙沙沙的在床邊走著，她選擇閉眼，不管對方是否要讓她看見，她都選擇無視；而按摩師盡責的為她按摩，偏偏又有別的手在她身上游移，冰徹凍骨，她實在很想罵髒話。

好不容易捱完兩小時，她覺得更累了。

大家陸續到一樓去喝茶。一般結束後，賓客會到一樓喝藥草茶，然後再給按摩師小費，師傅們期待的大部分就是這一刻；季芮晨給得很大方，因為她的疲勞不是按摩師造成的，師傅們都很盡責，一點小費算不上什麼。

「什麼？」等大家閒散前往遊覽車時，突然聽見老林在外面的暴吼聲。「怎麼會這樣？」

嗯？全部的人都愣住了，狐疑的止步。

「好，別急，我馬上過去！」老林匆忙的掛上電話，不安的回首看著大家，再轉向小林。「先帶大家回旅館。」

「怎麼回事？」念憶上前一步，憂心的問。

「沒什麼……」老林很不會說謊，臉色慘白如此還在扯。「大家先回去休息吧。」

「到底發生什麼事？」賴眉宇不客氣的揚聲了，「你是領隊，這樣的氣氛讓大家很不安。」

老林驚訝的望著賴眉宇，一臉欲言又止，季芮晨眼神立刻瞟向小林，他深鎖眉心，看來出事了。

「周樹紘的女兒失蹤了！他只是打個盹，醒來時孩子就不見了。」小林率先出口，老林想阻止也來不及。「我們得去幫忙。」

「失蹤？」大家不由得竊竊私語，賴眉宇不解，誰要綁走一個虛弱的病童？「周先生這仇家也結得太大了吧？孩子都這樣了還要綁架？追到吳哥窟來？」

「這難說，他犯的錯還滿大的。」鍾岱珈嘆了口氣。

「上車上車，大家先上車吧！」老林凝重的搖首，招呼大家先上去，又轉身跟小林商討接下來的狀況。

強烈的不安湧上，季芮晨知道，孩子不會無緣無故失蹤，有人帶走了她，然後呢？果然是針對周樹紘嗎？那四個女人，是之前那強暴犯手下的冤魂？

她剛剛也仔細搜尋過那則新聞，兇手簡直是令人髮指。

嫌犯早在十五年前就已經犯過案，他並非隨機尋找受害者，而是有特定的喜好，他喜歡長髮、戴著大耳環、打扮時髦的女孩，年紀在二十歲上下，而且一定穿著紅色的鞋子。

十五年前他犯下兩起，讓他被逮到的案子是公園案，二十歲的吳湘鎂夜歸時遭到毒手，她被強拉到無人的公園裡，嫌犯打得她遍體鱗傷，甚至還拿利器割傷她，是剛好有人經過發現有異，才及時救了那個女孩。

吳湘鎂奄奄一息的被送到醫院時，臉已經腫得不成樣子，頭皮有一塊連著頭髮被撕扯下，身上到處都是割傷與劃傷，深淺不一，而手掌跟腳掌均粉碎性骨折，因為嫌犯不讓她掙扎也不希望她跑，拿石頭敲碎了她的腳掌與手掌。

經過搶救，女孩撿回一命，但身心受創自不在話下。而慶幸的是，當時嫌犯已被逮捕，因為行為殘忍，屬殺人未遂，緊接著又被發現另一起發生在吳姓被害人之前的命案，二十三歲的葉思涵早就慘遭毒手，在山裡被兇嫌絞死，所以兇嫌被具體求處死刑。

十五年前，法官的確有意要將之判處死刑，但周樹紘等倡導廢死的人出現，極力為嫌犯發聲。

他們主張嫌犯如有悔意，或許能夠重新做人，死刑就剝奪了他重新做人的權利，生命如此可貴，不該隨意剝奪。

再者，論及受害者穿著火辣，加上嫌犯家庭背景有問題，導致他「不擅長」處理男女關係，精神壓抑，所以才會一時失控犯下大錯；至於打碎受害者的骨頭是「自衛」，因為受害者抓傷他、踢傷他，不懂得處理情緒的嫌犯只好隨手拿起石子防禦。

這一連串言論成了為嫌犯辯護的說詞，嫌犯也在法庭上道歉，順著律師的話說自己真的精神有問題，無法控制自己的行為，對受害者感到萬分抱歉，這被判定為「有悔意」的行為，加上周樹紘等人的奔走，倡導廢除死刑，以治療代替殺人，最終嫌犯是接受了一連串的精神治療。

緊接著是大赦及假釋，加上表現良好，嫌犯於一年前出獄。出獄後兩個月，再度犯案，這一次沒有人活下來。

第一位受害者是大學生郭晏婷，她死在荒山野嶺，臉部被石子砸得面目全非，骨頭全部凹陷破裂，發現屍體時衣不蔽體，一雙手臂上都有被刀切割的痕跡，這一次不是劃傷，而是一刀一刀的割開皮膚，雙手雙腳掌一樣被敲碎，但這一次不只有骨頭被敲碎，事實上是根本找不到她的手掌。

最後在蒐證時找到碎肉遍布的泥土與石子，才發現郭晏婷的雙手被活活砸爛，研判是因此失血過多而亡。

警方發出通緝令，嫌犯開始逃亡，逃亡過程中看上最後一名受害者。黃怡綸原本是騎車外出，卻在半路被嫌犯強擄，因為有交通工具，所以她被載得更遠，真的是呼救無人。

警方是先抓到嫌犯，才依照他的口供找到屍體。黃怡綸是最淒慘的一位，她屍體被發現時已經腐爛，雙腳掌被剁下，以火焚燒止血，雙手以鐵絲綑綁，鐵絲嵌進肉裡，肌肉組織發黑壞死，黃怡綸雙眼被膠帶貼上，臉部幾乎沒有損傷，但身體如同前個受害者般，體無完膚。

嫌犯在她的身上刻下自己的名字，以及一堆不堪入目的髒話，法醫確定是生前刻劃，死者生前遭受到極大的痛楚，肌膚上的切割是小事，最讓人無法忍受的，是黃怡綸胸前那碗口大的傷口。

嫌犯活生生割下了女孩的乳房，像是很珍惜似的帶在身邊，直到被警方逮捕前為了躲避罪責，才隨手將袋子扔棄，爾後警方也重新搜索，找到了已經腐爛的乳房組織。

這名嫌犯，就是周樹紘十五年前從槍口下救下來的人，因為他可以重新做人、因為他有悔意，也因為倡導人權。

結果，卻讓他用更極端的殘忍手段，殺掉兩個才二十出頭的女生。

季芮晨對於那四個女鬼，完全不做其他人想，她們全身是血、體無完膚，走路緩慢歪斜、面目全非，從新聞形容的死狀來判斷，她完全可以知道誰是誰……反正認腳就行了。

只是……她不懂為什麼會有四個？因為兇手身上揹著三條人命，剩下一位是哪裡來的？

還是其實他也有對別的女生痛下殺手，只是沒有找到屍體、沒有被抓到？

車子前頭電話不斷，老林跟小林輪流接電話，忙得不可開交，全是英語交談，警方協助尋找卻沒有線索，抱走孩子的人一點訊息都沒給，根本不知道去哪裡找人。

遊覽車接近旅館，遠遠就可以看見許依婷帶著孩子在外頭等，心急如焚。

「要不要大家一起去幫忙找？」鍾岱珈突然提出了建議，「不然只有你們幾個怎麼找呢？」

別說小林了，連季芮晨都瞠目結舌，怎麼之前不太在乎人家死活的人，突然提出了建議？

「對厚，我們人這麼多，應該更方便吧？」小朱也附議，「先找到人比較要緊，說不定是孩子醒了在醫院亂跑也不一定。」

「如果跑離醫院了怎麼辦？我們怎麼知道對方去了哪裡？」賴眉宇提出了不同的意見，「我們對吳哥窟不熟，要從哪裡找起？」

「可是不找也不行啊！」

「我不是說不幫忙，好歹要有個地點啊！」

眾人你一言我一語的討論起來，有點像是吵架般的意見分歧，小林很詫異的看著這群人，他內心跟季芮晨一樣疑惑；此時車子停妥在飯店前，門一開，許依婷就衝上來了。

「孩子！我的孩子——」她哭著說，泣不成聲。

「別急，周太太，我們會載妳去跟周先生會合。」老林趕緊安慰她，兩個孩子悶悶的上車坐定，反倒是司機一頭霧水。

都幾點了，他不懂為什麼沒人下車，還有人上車坐好？出聲向小林詢問，小林硬著頭皮跟他解釋狀況，並且答應會給加班費。

不過司機大哥不怎麼領情，他都辛苦一天了，現在是晚上十點，他要回去了，請大家下車。

一波未平，一波又起，事情根本沒有個解決方式，小朱這邊決定要幫忙，但沒人知道要去哪裡找人，許依婷顧著催促司機快點開車，心急如焚的想立刻到醫院去。

老林電話接不完，小林處理不了現狀，現場只能用亂七八糟來形容。

『塔……普……倫。』

咦？季芮晨挺直背脊，她緩緩的側首，她正看著熱烈討論中的小朱他們，所以她身後應該是窗戶才對。

夜晚燈光朦朧，飯店外面也沒有點大燈，這時間大部分的人幾乎都已經入睡，路上連車子都相當稀少；藉著對面車道微弱的燈光，季芮晨還是可以看見一張模模糊糊的人臉，雙眼是超大的深黑窟窿，嘴巴也是，就像一個雞蛋上轉著三個凹陷的黑色漩渦一般。

『塔……普……倫……』那張臉一字一字的說著，事實上他嘴巴根本沒有開合，但是季芮晨卻清清楚楚的聽見他說的話。

他的指節往窗子上敲，枯槁的手指說明了他的樣貌為什麼會如此奇特，只怕他是個木乃伊。

不是那些女孩，這個是……當地的鬼？

「大家先下車吧，我們來處理就好了。」小林突然對大家這麼說，「我們現在跟無頭蒼蠅一樣，只能配合當地警方。」

「就是，根本沒人知道該去哪裡找人啊，人多也沒用！」賴眉宇對自己的論點有些得意。

季芮晨緩緩站起，因為那窗子敲得又急又快。

她的起身沒有人在意，唯有小林不安的皺眉瞅她。「季小……姐。」季芮晨深吸了一口氣，回首看了看因為小林的叫喚而安靜下來的大家，多雙眼睛正看著她，但都沒有窗外那張臉讓人壓力來得大！

現在她站起身來，那張臉也飄浮向上，嘴巴的窟窿越喊越大，不停的重複著：『塔普倫、塔普倫——』

「塔普倫。」季芮晨緊握雙拳，她還是說了。

她不該將聽到的說出去，尤其在這麼多人面前，更可能牽扯別人的命運！她從鬼口中可以聽到很多、知道很多，但是不干預跟裝聾作啞是她基本該做到的事情。

「塔普倫？」老林錯愕的回身，「妳說塔普倫寺嗎？」

季芮晨眼尾往窗外瞟去，那木乃伊已不復在，她點了點頭，指甲嵌進了掌肉裡。

「……小晨，妳為什麼會知道？」身後的小朱，帶著疑惑的聲音問著。

季芮晨非常不想回答這個問題，但是再不說，就怕她瞬間成了共犯。

「我們去塔普倫吧，我相信季小姐說的。」小林忽然出聲，「人有時候都有第六感或是直覺，也有可能……看見什麼。」

看見什麼，這四個字小林說得又輕又重，輕的是口吻，重的是裡頭的含意。

車上每個人都聽出來了，他們戒慎恐懼的望向季芮晨，絞著雙手看上去惴惴不安，老林跟司機溝通要前往塔普倫寺，那個他們明天才要走的行程；小林則到車子後頭來，請大家下車，剩下的交由他們處理。

「何必呢，既然都知道地點了，就一起去吧。」念憶興奮的說著，「反正我們橫豎都要去的。」

「我看書上說那邊還不小，你們幾個人怎麼找？」阿丹難得鬆口，「而且我看事情搞成這樣，你們明天萬一走不了行程，我們不就虧大了。」

「一起去啦，囉唆。」賴眉宇沒好氣的坐下來，從包包中翻找出發前就交代要準備的手電筒。「我有多的，誰沒帶？」

大家不約而同的坐下尋找，結果其實大家都一直放在包包裡，原本是要看小吳哥日出那天才用得到，不過為免麻煩，所有人幾乎都先備而不用；季芮晨輕哂，看著手上的手電筒，她的確也帶著。

小林嘆了口氣，陷入矛盾兩難，實在不該牽扯其他團員，可是塔普倫寺不小，晚上要怎麼找人？

還沒想清楚，司機在咆哮中開了車門離開，那一連串方言，激動中帶著恐懼，沒有人聽得懂他在說什麼，除了季芮晨；她面無表情的聽著司機說晚上不該去神聖的廟宇、不該冒犯神靈，接著又說，那邊不能靠近，最近發生太多事情。

要去，你們自己去，愚蠢的觀光客。

司機像跑百米一樣跳上飯店外排班的計程車，許依婷慌張的問著到底發生什麼事，所有人愣在原地不知道怎麼辦。

老林凝視著方向盤幾秒後，一骨碌滑進了駕駛座。

「我們走吧。」他低沉的說著，關上駕駛座的門，再把車門也關上。

「老林？」小林驚慌的問著，他要做什麼！「這是遊覽車，跟一般車子不太一樣！」

「我之前開過遊覽車。」老林粗嘎的說著，立刻發動車子，駛離了飯店門口。

這台遊覽車剛好是左駕，在吳哥窟可以發現路上左駕右駕的車都有，主因是很多人會到泰國買車，所以造成兩種車款都有。

「領隊好帥喔！」不知道是誰這麼說著，大家立刻安分的坐了下來。

帥？季芮晨難受的緊鎖眉心，她一點都不覺得整團的人到塔普倫去後，能有什麼好事發生！

紅色高棉，那四個怵目驚心的字，揮之不去。

# 第七章

黑夜中的吳哥窟幾乎伸手不見五指，路燈稀少，往古蹟的路上更是杳無人煙，車子行駛在顛簸的「柏油路」上，兩旁都是原始樹林，沒有房子沒有燈火，偶爾有些高腳屋坐落在林間，但人們也早就就寢。

「老林，你真的可以嗎？」坐在前頭的小林憂心忡忡，「天這麼黑，根本看不到路……」

「我帶這團多久了？」老林顯得老神在在，「路我都會背了，更別說我在這裡也生活過兩、三年。」

「是啦……」小林當然知道老林是吳哥窟首屈一指的領隊，就是因為他其實可以算半個地陪。「不過晚上出來實在很怪……」

「救人要緊。」老林瞥了他一眼，深鎖的眉頭道盡憂心。

車上一反平常的歡樂氣氛，大家好像鐵了心要幫忙，不但準備好手電筒，還在討論找人以及會合的策略，雖然才去參觀過兩個地方，但是大家都知道吳哥窟的特色：石子多、階梯多、廟裡石廊多。

怎麼樣在黑暗中不至於摔倒，而且大家還能會合，大家決議用喊的，而且盡可能不要分開。

車子從旅館出發後，先去接了周樹紘，望著一車團員，他難掩驚色，夫妻倆回頭看了後面好幾次，季芮晨可以讀出他們五味雜陳的神色，或許一小時前許依婷還厭惡這些團員，但現在大家都願意幫忙找周宜萱，她反而掩不住感激之情。

她好幾次想要起身過來，卻鼓不起勇氣，季芮晨不明白她是面子問題還是怎樣，總覺得她錯過了道謝的好時機……總不能說一定要找到人才道謝吧？那時道謝感覺就怪了。

「帶輕便點吧，別揹太多東西，其他都扔車上。」念憶說著，把包包裡很多東西都挖出來，似乎只剩下水跟手機等等。

「感覺亂刺激的！」阿丹雙眼熠熠有光，季芮晨無力的噘嘴，敢情他們真的以為是來玩的就是。「夜晚的塔普倫寺耶！」

「《古墓奇兵》在那邊拍時，就有一堆超粗的樹跟石頭，等等還是謹慎點好。」張銘偉出聲，像是在警告阿丹別當探險。「光樹根都比我們高了，閃神會摔得很慘。」

「知道啦！」阿土回頭扁了嘴，像是在說：你管好自己的女友就好。

念憶輕笑著，拿出水壺扭開瓶蓋，咕嚕咕嚕灌了好大一口水，裡面依然是淺色的減肥茶，小朱她們人手一瓶，最炫的是她們還廣為宣傳，連鍾岱珈都淪陷了，她的透明水瓶也跟小朱的一樣顏色，看來減肥是女生永不停止的活動。

「那減肥茶真的有效嗎？」季芮晨最後也掩不住好奇心。

阿丹瞥了她一眼，搖搖手裡的茶笑著。「心安也好啊，不過小晨妳那麼瘦就別喝了。」

「妳也很瘦啊……」阿丹又高又瘦，還不是照滅。

「我是易胖體質，不得不喝，妳都紙片人了。」阿丹笑著，又連喝了好幾口。

「快到了。」小林傳話往後，周樹紘焦急得就要站起。「先坐著，路很顛，別急。」

後頭一陣窸窣，大家都把包包揹好、準備出發的模樣，季芮晨反而覺得手腳都很重，她一點都不想下車……哎喲喂呀，這根本是明知山有虎，偏向虎山行的行為，晚上來到這種地方，她要不要清靜啊！

嗚，等等一定被吵死……不，吵她不怕，她怕的是這裡的神佛，是不是又會傷害她？

車子停在馬路邊，外頭寂靜無聲，老林下車後禁不住低咒，居然沒有任何警察前來支援？夜晚的古蹟，即使石塊上處處雕著佛像，似乎還是無法阻止人們的恐懼心理。

夜幕是深藍色的，可以看見高聳的樹跟模糊的塔普倫寺（編按：塔普倫寺是吳哥王朝的國王闍耶跋摩七世 Jayavarman Ⅶ為他母親修的寺院），但非常大，一如《古墓奇兵》裡的演出，板根樹巨大得驚人，因為舊吳哥王朝曾被遺棄在叢林裡五百年，而以石砌成的廟宇總有石縫，推測是鳥兒叼啣著板根樹的種子掉入石縫中，而板根樹就在石縫裡生存。

大自然的力量可畏，再艱困的環境都能成長，樹木們一點一點的把石塊擠裂、擠掉，延長出驚人的樹根，光是樹根就比人還高，粗大得驚人，而樹枝更是綿延伸展，將塔普倫寺包裹在樹根之間，因此板根樹在當地又被稱為蛇樹。

「為什麼說我孩子在這裡？」望著寂靜與廣闊，周樹紘忍不住把手電筒照向了季芮晨。

「唔……」刺眼的燈逼著她閃避，這人懂不懂禮貌啊！

「周先生。」小林一步上前移開他的手電筒，「你先冷靜些，我們先從這邊找找看。」

「但是為什麼是這裡？」許依婷也不明所以，「雖然我們是無頭蒼蠅，但選這邊的原因是什麼……難道季小姐早就知道我孩子在哪裡？」

言下之意，彷彿在說季芮晨是共犯似的。

「喂！你們態度很差耶！」果不其然，小朱立刻開砲。「都沒人知道線索的情況下，死馬當活馬醫懂不懂？我們都自願來幫你們找了，你們還囉唆！」

「就是！現在是暗指小晨是幫兇嗎？她一直都跟我們在一起，怎麼去綁架你家小孩！」阿丹也火大的疾聲，「而且你家小孩子多了不起，幹嘛綁架？小晨跟你們家有仇嗎？」

『嘻嘻……來了來了！』

聲音刷刷的從樹梢間傳來，順著風聲呼呼的擴散開來。季芮晨倒抽一口氣的仰首，舉目所及都是密林，大家聽見的風吹沙沙音，裡頭夾雜了不止的笑聲。

『讓我離開吧！我不想再待在這裡了！』

『公審！我要公審！』

『把他們全部都殺了！一片一片的把肉割下來，一定會痛！一定會痛的！』

『哈哈哈——呀——』尖銳的笑聲帶著殘虐，季芮晨聽得出那種聲音。

天吶！她心跳迅速不止，待在這裡對嗎？應該要離開的，大家現在應該要立刻走！

「我說，我們——」

「呀——」

季芮晨的話語被刺耳的尖叫聲打斷，所有人不約而同的望向塔普倫寺的深處，那是女人的尖叫聲。

「那是什麼？」賴眉宇有些緊張兮兮。

「有人在裡面嗎？好奇怪。」小朱打了個寒顫，「那個叫聲好淒厲喔！」

所有人眼光閃避，每個人都在想：這樣還要進去嗎？

「我孩子真的在裡面嗎？」周樹紘下一秒倏地衝過來，「妳說！我孩子是不是真的在裡面？」

季芮晨根本措手不及，一隻手即刻被抓握住，拽扯著。

「我不知道！」她嚇得回吼，「……八成在啦！」

「八成？」周樹紘狂亂的望著她，「為什麼？妳不能瞎猜啊！」

小林立刻跑了過來，硬扯掉周樹紘粗暴的手，他凝重的望向季芮晨，彷彿告訴她：說吧！

「是鬼說的。」季芮晨從齒縫裡迸出最不想講的話，「是吳哥窟當地的鬼告訴我的。」

此話一出，一片啞然。

一雙雙詫異的眼睛望向季芮晨，她好像舞台上的主角，所有聚光燈都往她身上聚集，她根本不該說出關於鬼之聲的事，但現在的狀況簡直騎虎難下。

「鬼說的？」連老林都錯愕。

「反正我就是聽得見，我只轉述，信不信由你們了……」季芮晨心裡其實信任度高達百分之九十，但現在對這過高的信任度卻感到畏懼。

為什麼？她知道「他們」是故意說給她聽的，似乎刻意要把大家引來這裡。

「有鬼耶……」果不其然，大家開始竊竊私語。「鬼說的？」

「好怪，難道是鬼綁架了周樹紘的女兒？」

「搞不好，他做的事情也沒幾個鬼會開心。」又聽見念憶從鼻孔裡噴氣的聲音。

小林一個箭步上前擋在她面前，「我信季小姐，雖然我看不到也聽不見，但是我一直都相信有其他世界的人。」

「我也信。」老林突然出聲，「這事情本來就很詭異，只是大家不想說破而已……季小姐，妳有看到是怎麼樣的鬼嗎？」

季芮晨眼神飄忽，又陷入掙扎。「我不做猜測，就陳述事實，全身都是血的女鬼，而且是……台灣人，跟著我們過來的……」

餘音未落，她拉著小林附耳。她不想再多說了，說太多就怕洩露不該說的事，不是人人都能跟鬼溝通，所以她一直謹言慎行。

不過說到這分上也差不多了，自己做過什麼事，不可能不明白。所以周樹紘瞪圓了雙眼，略微顫抖，許依婷也瞪著地板，提到渾身是血的女人們，他們不可能沒有聯想到那幾個被施暴致死的無辜女孩。

「小……萱被她們……」許依婷全身都發起抖來，「是你！都是你害的！」她發狂的衝向丈夫，掄起拳頭就是一陣亂揮亂打，周樹紘閃躲得迅速，並且飛快的箝住她的雙手，制止她的歇斯底里。

「住手！妳聽她在怪力亂神！」周樹紘咆哮，並回首瞪著季芮晨。「一看就知道是個腦子有問題的人，妳跟她認真？」

啊咧，季芮晨嘟起嘴一臉無辜，現在她又變成腦子有問題的人了喔？怎麼醫子！

「那孩子呢？把孩子還給我！」許依婷哭喊著，越說越激動。

「一定是她把孩子帶走，還是同夥——」周樹紘頓了一頓，瞠目結舌。「季芮晨，妳跟那些女生是什麼關係？」

什麼關係？季芮晨扯了嘴角，就聽得見的關係啊！她皺著眉咕噥，小林依然擋在她前面，高大的身材為她遮去周樹紘所有帶著敵意的視線，她覺得很安心。

「先找人吧，在這裡吵沒有用。」小林鎮靜的說，「我們一起找，大家盡可能不要分散。」

說完，他回頭瞥了季芮晨一眼。

「我不想留下。」開玩笑，留她一個人在這裡是要被吵死嗎？

老林立刻吆喝起來，讓大家牽著手，手電筒全亮了起來，因為人數多，手電筒又全是LED，讓塔普倫寺頓成白晝，恐懼感跟著少了很多。

這一照，便可以看見所謂板根樹的神奇，真的太誇張的粗大了，一棵樹在這裡活了五百年，季芮晨讚嘆般的拿著手電筒照映，樹根綿延，石牆都被撐破，驚人的頂天立地，仰首看見巨大的樹木往夜空伸展。

只是一條最細的樹根，就要兩、三個人才能圍住，大家在紅土地上一邊走一邊看，塔普倫寺幾乎被板根樹包圍，這樣就能理解《古墓奇兵》裡的蘿拉，為什麼掉入地洞時，能輕易的抓這樹根擺盪──開玩笑，這不是樹根，這叫柱子了吧？

塔普倫寺跟稍早參觀的地方都不一樣，腹地大得多，其間大家沿路喊著小心，因為不時有人被粗大的根絆倒；一邊走，一邊喊著周宜萱的名字，直到走到塔普倫寺主殿前。

主殿很大，畢竟當初作用是陵墓，門口一如往常的狹窄，因為吳哥人認為進寺廟時要彎下身子以示虔誠，因此偌大的塔普倫寺裡，總是一個迴廊接著一個，站在這個門口往裡看，可以看見無數個門框在前頭等著。

總得上了兩階高石階，卑躬屈膝的穿過石門框，再走下兩階高石階，才能踏到平地的方形石室；有的石室裡什麼都沒有，但多半都有神佛雕像，只是年久失修，加上宗教之爭，神像不是缺手斷腳就是沒有頭，殘缺不全。

季芮晨看見一組沒有腳掌的雕像，很難不想到其中一個滴血的女鬼。

進入室內後，氣氛變得詭異，畢竟不再是開放空間，而是密閉的房間，就算頭頂有多處崩塌，仰首便可窺天，但四面都是石牆，還是讓人感到窒悶。

燈光照到石牆，牆上也刻著許多神像或壁畫，吳哥窟裡處處是雕刻，這是最令人讚嘆之處，堆砌了巨石，再在石上雕刻，有浮雕，也有鏤刻的女性舞者，還有許多神話故事。

「小心腳下！」最前面的老林喊著，「石階大小不一，一定要小心！」

這應該不是小不小心的問題，季芮晨由衷這麼覺得，她自發性的走在最後面，因為她不認為讓其他人走在後頭是件好事，按照往例，她是Lucky Girl，出事的機會小很多。

又穿過另一道石門，先是一間方室，繞過中間毀損的佛像後，就是一個十字路口，通常十字兩端都已經頹傾，只有巨石塊堆疊，沒有其他通路，所以大家用手電筒猛照，就希望哪裡能出來些什麼。

大家一聲聲喊著周宜萱的名字，盼著能有個回應。

季芮晨仔細的照亮石牆，花紋、女神，身邊有尊算是完整的雕像，除了一隻胳膊不見之外，其他都相當完美，她戒慎恐懼的抬首看著神像，幸好這神像只是伸手蓮花指，沒有拿什麼武器。

「季小姐！」小林拿著手電筒往這兒照，又拖！

「就來！」季芮晨趕緊三步併作兩步的往前奔，小林又緊張的叫她不要跑。燈光遠去，那神像卻緩緩的眨了下眼皮，眼珠子往右角移動，最後頸子慢慢的轉動望向季芮晨遠去的背影。

走下了石台。

「哇，這裡的樹更大耶！」小朱照著正前方的大樹根，那兒甚至還搭了個台子。「那是什麼地方？」

大家從門口走出後是一個大庭院，這兒的板根樹從廟的建築中長出來，樹根破壞了一切，卻也成了另一種牆，讓小朱讚嘆的樹根有一、兩層樓高，相當壯觀，前頭的台子是搭來給觀光客拍照用的，是必拍景點。

「這邊是拍照點之一，就是蘿拉曾拍過片的地方，站在台子上拍照，後面剛好就是壯觀的樹根。」老林解釋著，「這邊是一個景點，等等穿過右手邊這片石寺後，另一邊有更巨大的樹根，長好幾公尺，完全就是牆了。」

「哇……」賴眉宇拿起相機來拍，活像在觀光似的。

「拍得出來嗎？」男友問著。

「我這台夜拍很強呢！」賴眉宇等著螢幕處理，「你看你看！」大家跟著湊過去，背景是周樹紘在呼喚孩子的聲音。

夜拍功能強大的相機果然厲害，只是藉助手電筒的光，就能把樹根拍得一清二楚，賴眉宇還把剛剛拍的幾張秀給大家看，都相當清晰，甚至連樹根裡的人臉都——「咦？這什麼？」

鍾岱珈看出來了，指著相機說：「樹根裡是人臉嗎？」

「呀！」大家立刻驚叫，張銘偉再怕也是先摟著女友。

「別慌別慌！」老林趕快跑過來，瞥一眼就搖頭。「這邊這邊！」手電筒準確的往牆角一照，大家都看見了一張隱約的人臉，闔眼安詳，走近點瞧，說不定還可以看見它在微笑。

「這是被樹根包裹起來的浮雕，原本在牆上，但是樹根長出來後破壞了建築，也把雕像裹進去了。」老林嘖了一聲，「別自己嚇自己。」

「厚……」眾人吁了口氣，有種幸好的感覺。

是嗎？季芮晨望向拍照的台子上，為什麼剛剛一瞬間閃過時，她好像還是看見有張人臉隱藏在樹根後頭？

她小心翼翼的往台子上走去，周樹紘夫妻帶著孩子在一旁竊竊私語，許依婷哭著說她懷疑小孩根本不在這裡，一切都是那個姓季的胡說八道！

「說不定她只是想引起大家注意，不是有很多這種可悲的例子嗎？」許依婷泣不成聲，「第一天她就說做夢，然後在大廳又出一堆狀況，就是巴不得大家注意她，記得嗎？」

「對，因為家庭有問題造成的人格問題，總以為自己是特別的，我怎麼會糊塗到聽信她的言論呢？鬼？」周樹紘忿忿的說，「她說不定也是反廢死的人，所以故意拿上次的案件來影響我，還什麼女鬼……」

哇咧，她現在又變成人格有問題了？季芮晨搔搔頭，這也是意料中事，人總是會為自己不了解的事找個合理的解釋。

她現在只好奇剛剛的錯覺，真的是閃神嗎？

她的足音引起大家的注意，不知道是誰先把光往這邊照過來，緊接著所有人都往她的背影看。光線的聚集讓周樹紘意識到季芮晨就在旁邊，他倒沒有太多尷尬，她聽見了也好，他怒氣沖沖的跳上台子，想找她理論。

季芮晨手電筒的光在粗大的樹幹中游移搖晃，看見反射光源的東西，她伸出手一碰，觸及的是濕黏的液體。

「姓季的，妳給我說清楚！」周樹紘一把扯過她的手，嚇了她一大跳。「妳存的到底是什麼心！」

「周先生！」小林急忙的往前奔來。

季芮晨沒有回答，只是瞪大了眼睛望著周樹紘，然後看向自己被箝制的手掌，呈現一片血紅……紅色，溫熱的液體，是血！

「天吶！」季芮晨左手立刻往裡照去，「呀——不！不——」

周樹紘愣住了，他順著光源望去，季芮晨照著粗大的樹幹，樹幹裡隱約包裹著一張臉龐，但是不似剛剛老林說的，是闔眼輕笑的慈藹浮雕，那是張瞠大血紅雙目，暴眼凸舌向著他們的臉！

「嗚哇！」周樹紘頓時鬆開手，跟季芮晨一起往後步步踉蹌。

慘叫聲引起其他人的注意，大家緊張的往前，小林一骨碌跳上台子拉過季芮晨，看見的是她滿是鮮血的右手，還有……樹幹裡的人！

「李……李太太！」他認得出那張臉。

「什麼？」老林聞言，不可思議的也上前，想照個清楚。「你們在胡說什麼，這樹根多久了，怎麼會有人在……」

餘音未落，那樹根動了。

像是回應著大家的疑慮，綿延數公尺的寬樹根條條分離，此時此刻像極了《魔戒》裡的樹人，移動著根部，緩緩的展開。

小林連忙摟著季芮晨往台下退，老林早就嚇得往下跳，看著樹根根根左右開展，裡頭現身的不是佛像，而是貨真價實的人！

李太太就跪在牆邊，渾身都是血，因為有一枝樹根大方的穿過她的胸膛，並且還重新垂回地面。

「怎麼會……李太太……她不是還在處理兒子的事嗎？」老林渾身都在發抖，「她怎麼可能會到塔普倫寺來？」

「我覺得現在應該問的是……樹根為什麼會動吧？」小朱尖喊著，人為什麼在這裡根本不是問題！

對啊！小朱一語驚醒夢中人，樹根會動是正常的嗎？而且它還穿過了李太太的胸膛！剛剛在外面聽到的尖叫聲，就是李太太死前的慘叫嗎？

說時遲那時快，附近立即傳來詭異的聲響，手電筒光源隨處亂照，附近所有的樹根居然全部都在舞動！

「哇啊——」鍾岱珈驀地失聲尖叫，「這是什麼？什麼——」

『讓我離開！讓我離開！』空中傳來了驚慌的吼叫聲，季芮晨顫了一下身子。

『呀——放我出去！』耳邊傳來歇斯底里的聲音，伴隨著敲打石牆的聲響。『快點！』

『救命啊！救命啊——』聲音從左後方來，季芮晨下意識的回首往左後方望去。『不要殺我不要殺我！』

『一命換一命，把這些人殺了，讓我離開！就讓我離開！』

「天……」季芮晨痛苦的摀起耳朵，「快走！叫大家快走！」

「季小姐？」小林被她嚇到了。

「快走——」她抬首就大吼，「這裡太多鬼魂了，大家快走！」

近代的古代的古老的，她聽到的是不同的嘶吼不同的故事，這片土地上全是散不去的魂魄，他們在哭號、在吶喊，也有意圖傷害人的。

「哇啊——」

『誰都走不掉的。』輕柔的女生聲音響起，『一個都不會放過……』

季芮晨瞪大了雙眼，看著眼前四處驚恐逃竄的人，不對……不該跑的！這些人的目的就是為了要讓大家四竄嗎？

「那個小女孩呢？周宜萱怎麼了？」她倏地站起，朝空中吶喊。

小林圓了眼，卻知道她在做什麼。

『一個，都不會放過。』

空中幽幽傳來回答的聲響，這又是另一個女人的聲音。

「救命！救——」樹根絆上了小朱，她整個人被往後打飛。「不——」

「為什麼？」念憶的呼喊聲傳來，但是一片混亂中，也只聽得見聲音，手電筒全掉在地上，什麼也照不到。

小林拉起季芮晨的手就要往前跑，卻被她制止。「站著，別動。」

「季小姐？」小林倒抽一口氣，都這樣了還不跑？她難道沒感受到地上的陣陣震動，來自於樹根的狂舞？

「我是 Lucky Girl，跟著我就不會有事。」她的話很沒説服力，因為她的聲音在發抖。

「啊啊啊——」帶著回音的尖叫聲從十點鐘方向傳來，季芮晨與小林立刻拿手電筒往那兒照，那是他們剛剛走出來的石寺，此時衝出賴眉宇、張銘偉還有周樹紘一家人。

他們剛剛從來時路往回奔，現在卻又跑回來了？

只見他們個個慌亂，一走出來卻又要閃躲亂揮的粗大樹根，張銘偉被整個甩到黑暗裡去，周樹紘拉著妻小沒命的往前跑，而跟在他的身後的……是一尊石雕的佛像！

那雕像有兩公尺以上，揮舞著單手，一骨碌抓住了跑在最後面的大兒子。

「啊——家楷！家楷！」許依婷恐慌的抓住自己孩子，死都不放手。「放開！放手！」

周樹紘聞聲也回過身子，欲出手幫忙，但是身邊的周家育卻倏地往前一仆，緊接著又被橫向拖走。

「哇——爸！」

「家育！」周樹紘猛然回身往地上撲去，及時抓住二兒子的手，兩個人一起被往後拖，而許依婷只能靠自己的力量緊扣著周家楷，那高大的佛像正睥睨著她，左手一揚，狠狠的一掌迎面將她揮了出去。

季芮晨發誓，她看到了鮮血飛濺在夜空裡，在手電筒的餘光中。

「哇啊……爸……媽咪——」

拖行著周家育的東西停了，逼得周樹紘瞪大雙眼震撼不已，他回首望著高大的神像高舉起周家楷，兒子正在痛苦掙扎，因為石像的手掐著他幾乎不能呼吸，他只能脆弱的哭喊著爸爸、媽媽。

周樹紘趕緊把手上的孩子抱緊扶正，周家育正嚎啕大哭喊著腳好痛，但他無暇去關注他的狀況，因為現在另一個孩子正命在旦夕啊！

「爸爸……媽……」在空中雙腿舞動的周家楷，正拚命呼救。

許依婷躺在一堆樹根上，渾身抽搐顫抖，卻還是掙扎的爬起來，朝著神像跪爬而去。

「求求你放過他，他只是個孩子，沒犯過什麼錯……」她不停叩首，「求求菩薩大發慈悲，放過他，有什麼罪我來擔！我來！」

「菩薩……還是什麼毘濕奴神的，為什麼要傷害我孩子？」周樹紘走到神像面前，驚恐擔憂的看著自己的孩子。「如果我們冒犯了您，請您降罪於我，不要傷害我的孩子，他是無辜的！」

『我也是無辜的啊！』那神像嘶吼般的開口，『憑什麼只有你的孩子是無辜的？』

一字字標準的中文傳來，讓周氏夫妻都傻了，而且那神像是女孩子的聲音，年輕女孩。

「那不是神，神才不會如此！」小林忙不迭的往前走了幾步，「妳是什麼東西，居然敢附體在神像上頭作祟！」

神像睨了小林一眼，嚇得季芮晨上前拉住他的手，急著把他往後拉。「你別去挑戰。」

「那是什麼東西？難道容她胡作非為嗎？」小林低吼著。

「你有辦法嗎？這裡是塔普倫寺，供奉了多少神明你知道嗎？」季芮晨揚著怒眉，「你看見有誰出來了嗎？」

反之，厲鬼還能依憑在神像上頭作怪！

這一說，讓小林愣了住，對……這裡就算是陵墓，依照吳哥的信仰，應該到處刻有神佛，這是個神秘的國度，現在……卻沒有任何神佛的出現，反而是詭異的厲鬼作亂。

「妳是什麼？」周樹紘倏地跳起來，「妳是什麼東西，放開我兒子！」

『如你所願。』神像咧開了嘴，再也不顯莊嚴。

——咦？——神像將手裡的周家楷使勁往牆邊摔去，周樹紘驚恐的大叫，他奔向前去，孩子卻已被摔上石牆，只是他還沒有往前倒去，因為石牆周邊的樹根急速朝他而去，將他層層包裹起來。

「家楷——」許依婷踉蹌的往前爬去，卻只能觸及粗大的樹根。

「走開！讓開——」周樹紘扣著樹根，卻無論如何都拉不動，樹根只是回到原來的地方，一根疊著一根，將周家楷往裡藏。

「爸爸！媽咪！」周家楷驚恐的從樹根縫裡伸長手，「爸——」

許依婷緊緊握住他的手，可是樹根越來越密，而且不停的將他往裡頭擠壓，沒有幾秒，他連伸手的空間都沒了，若不收手，只怕會被樹根活活夾斷。

季芮晨緩步的前進，地上哀號聲四起，大家都受了傷在低泣，看見眼前不可思議的景象更是平添恐懼：小林深吸著氣，望著哭號不已的孩子，他現在就像剛剛老林介紹的古蹟景點，被包裹在樹根裡的雕像……只剩下那張臉從樹根縫裡被瞧見。

「救人！救人啊！」周樹紘大吼著，向左方仰首看向那神像。「有什麼事衝著我來，不要傷害我的孩子！」

『為什麼不？』神像冷冷的說著，撂了句台語。『你不知道別人的孩子死不完嗎？』

「住手！求求妳——」許依婷飛撲而上，緊緊扣住神像的腳。「讓我跟他交換吧！讓我受罪！」

『放心，會輪到妳的。』神像回身，使勁一腳踹開了許依婷。『一個都不會放過……』

「媽——」周家楷發出驚恐的叫聲，「好痛！好痛！」

周氏夫妻緊張的回首，只見樹根縫越來越小、越來越窄，眼看著都快看不見他們的孩子了。而樹根拚命的往石牆推擠，它們是從牆縫裡鑽出的，現在要回去原來的位置——而那孩子，擋住了它們的去向。

「妳是誰？跟我有什麼深仇大恨，為什麼要這麼做？」周樹紘瘋狂的咆哮，伸手想往樹根裡鑽，卻完全搆不到孩子。

那神像往裡走，每一步都在地上發出震震聲響，看起來是想回到原來的地方，在餘光中可以看見那神像的背影，全是紅黑色氣絲的纏繞。

『這句話，是我想問你的。』女孩子的聲調顯得淒楚與忿恨，回首睥睨周樹紘的眼神裡盈滿悲哀。

小林的手擱在腰包上，他沉吟著，到底包包裡有什麼東西是有用的，可以阻止這一切？周家楷的聲音越來越痛苦，也越來越歇斯底里，不停的喊痛，而現在則嘶吼著說他不能呼吸了！

「好痛——啊——」樹根裡傳來十歲孩子的慘叫聲，「骨頭！我的骨頭——」

「家楷！」許依婷發狂的扳動樹根，大家都知道只是徒勞無功。

「幫忙！快點來幫忙啊！」周樹紘回首，只看見兩個站著的人，就是季芮晨跟小林。

「快點幫我！」

小林咬著牙衝上前，快速的翻找腰包裡的東西，季芮晨站在原地，目送著那神像一步步的走進迴廊裡，她痛苦的閉上雙眼，因為……大家聽不見，這塔普倫寺裡的狂笑聲。

『死！死！快點見紅吧！』

『這是第幾個？第幾個？什麼時候輪到我？』

『哈哈哈哈……哈哈哈哈……』狂笑聲帶著哭泣聲，這是最讓人毛骨悚然的部分，是那些女孩的聲音。

小林胡亂的從腰包裡翻出某個東西，狠狠的往樹根戳刺，不過什麼變化都沒有，周家楷的慘叫聲依然不絕於耳。

「媽咪——哇啊啊——啊啊——」從他淒厲的叫聲可以感受得到那痛楚，周樹紘甚至聽見了孩子骨頭裂開的清脆聲響。

喀——嚓——

「呃！」周家楷忽然在慘叫時嘔出一大口鮮血，灑上圍著他的樹根，也有些許口沫濺上周氏夫妻的臉。

周樹紘伸手抹了臉，幾絲血珠鮮紅欲滴。

「家楷！」許依婷歇斯底里的尖叫出聲，而那孩子的叫聲突然停了。

啪嘰——樹根毫無阻礙的返回原生之地，小林只聽見一種像是桃子被捏碎的噗嘰聲，緊接著從樹根裡噴出大量的鮮血，一瞬間的血量驚人，直接濺灑在周樹紘夫妻身上。

站在一旁的小林也沒有閃過，血濺上他的衣服，他只剩驚愕。

哭喊聲、慘叫聲全都在這瞬間停止，周家楷不再痛了，周樹紘也不再瘋狂，他們就只是跪坐在樹根外，望著那樹縫裡僅存的一張臉。

縫裡只能看見孩子一半的臉龐，那跟聖嚴毫不相關，因為那孩子是雙目瞠到極致，甚至因為擠壓導致眼珠子有一半滑出眼眶，張大的嘴裡還滴著鮮血。

季芮晨終於移動步伐，看著小林頹然的滑坐在一邊，他手上緊握著小小的利器，看來是無用武之地。

眼看死者已矣，季芮晨轉過身尋找其他團員，小朱跟念憶都還半躺臥在地，眼神無法對焦的望著鮮紅的樹根現場，她們摔得都不輕，身上都有傷，不是跌倒就是被活著的樹根打到的。

阿土的叫喚聲從遠處傳來，阿丹好似是昏了過去，其他人不見蹤影，剛剛的慌亂中有人逃進了寺裡、有人往另一邊出口竄逃，現在都不知道是生是死；賴眉宇跟鍾岱珈他們又不見了，呼喚無回應。

至少，現在的塔普倫寺有片刻寧靜，沒有會舞動的樹根，也沒有會走路的神像；小林很快的振作起來，因為老林也不見了，他把受傷的團員先聚集起來，周樹紘夫妻動也不動的繼續跪在樹根前，望著也成為古蹟一部分的孩子，與其最後驚懼的表情。

季芮晨隻身折返，走進陰暗的迴廊裡，站在門邊就可以看見正前方兩個方室後的神像，她深吸了一口氣，戒慎恐懼的走回神像邊，現下的神像一如往常，闔眼輕哂，看起來業已坐回原位，端坐不驚。

莊嚴聖潔，不動也不會說話。

「妳跑來這邊做什麼？很危險的！」燈光一照，她感覺刺眼的別過頭，又是小林。

「我來看看這神像是否還會動。」

「它目的達成了，附體的東西走了。」小林說得頭頭是道，「我剛剛或許應該針對神像，可是……」

「剛剛？你對樹根做了什麼？」她狐疑的問。

「桃木劍。」小林攤開掌心，那是把五公分長的迷你版桃木劍。

「噢……這麼小啊？」季芮晨皺起眉頭，「這會有效？」

「東西不在大小，在於效能。這也是我辛辛苦苦求來的，不可能一點效果也沒有，所以我是不是攻擊錯對象了？」小林一臉自責，「我只想著樹根會動也是因為有東西作怪。」

「那桃木劍只怕也刺不進這巨石刻的雕像裡。」季芮晨搓著雙手，「我雙手都凍僵了，這裡有滿坑滿谷的魍魎鬼魅。」

小林狠狠倒抽一口氣，「滿坑滿谷？」

季芮晨幽幽瞥了他一眼，「事情……只怕還沒完。」

小林圓睜雙眼，立即拉過她奔離這黑暗的石室，直朝外頭奔去，周樹紘夫妻如同被抽走靈魂的空殼，依然動也不動。

小朱四人組都還在，每個人都在哭，又痛又害怕，過了一會兒，鍾岱珈跟男朋友也踅回來了，但是賴眉宇那一對，還有老林，始終沒有消息。

周家育這才一拐一拐的往前走，小林伴著他，注意到他腳受了傷，鮮血如注，等會兒應該先檢查一下，或許做些包紮。

念憶推了推怕到不敢動的周家育，讓他去找爸媽，至少可以喚回點魂魄。

周家育不太明白樹根裡的哥哥發生了什麼事，但是他聽得見慘叫與哭聲，也知道那怵目驚心灑在樹根上的是鮮血，因恐懼而哭泣的他搖了搖許依婷，難受的喊了聲「媽媽」。

許依婷瞬間回魂，轉過頭望著還活著的二兒子，突然將之緊緊摟入懷裡，嚎啕大哭；周樹紘也恢復神智，他頹然的跌坐在地，完全無法相信發生的事情，也不想相信。

「賴眉宇跟張銘偉、還有老林都失蹤了。」小林統計著人數，「我先帶你們出去，我再去找他們。」

「你還要算李先生一家，李太太不該會獨自死在這裡。」季芮晨提醒著，「而且我不認為分開是好事。」

「小晨……妳又聽到什麼嗎？」

季芮晨皺著眉，難受的才欲開口，空間倏地群鳥飛舞，彷彿被什麼驚擾似的，從不遠處一大批鳥振翅飛過，讓如驚弓之鳥的大家嚇得抬首。

嘎——嘎——嘎——烏鴉長嘯，在這裝載兩具屍體的鮮血之地，顯得特別令人毛骨悚然。

「我們還是走吧……我想回去了。」鍾岱珈顫抖著起身，「讓我們離開這裡！」

「我也不想待了！」謝宇宸忿忿的喊著，「我們不是只是來找人嗎？」

「好，我帶你們先走。」小林立即點頭，「我也覺得應該……」

剎！又一批烏鴉嘎嘎的從樹梢中飛竄而起，然後是令人呆愣的可怕回音——「救命啊！救命啊——」

遠遠的，在眼前這石砌建築的另一頭。

「是李先生的聲音……」小林喃喃的說著，不由得回頭瞥了季芮晨一眼。

「剛剛那神像說過，」她凝重的閉上雙眼，「還沒完呢。」

# 第八章

在沒有老林的情況下，小林不可能扔下任何一個團員，而在聽見李文皓的求救聲後，季芮晨直接就走進了下一座石寺當中，毫不猶豫。這讓小林騎虎難下，他怎能讓季芮晨隻身前往不知名的可能險境，但也不能放棄無助的小朱他們。

最後，大家一起追了上去。

這一處的空間更加陰暗，因為石縫中能透進的光很少，坍塌的地方也不多，所以每個人更加亦步亦趨。小朱等人手勾著手前進，一邊試著呼喚失蹤的賴眉宇等人，一邊留意腳下高低不一的石階。

「季小姐、季小姐……妳走慢一點！」小林加快腳步，一邊又回首擔心其他人的狀況。

「救人能慢的嗎？」季芮晨簡直是一馬當先，她的無畏讓小林驚訝，但那是因為她堅信自己不會有事。

剛剛那一遭不明顯嗎？在所有可怕的樹根活動時，的確只有季芮晨免於攻擊，連帶著小林也毫髮無傷不是？所以她解除了心中的疑慮，至今所受的傷原本都讓她質疑，可是現在她不會了。

「這是哪裡？」到了一個十字路口，這次沒有落石阻擋，季芮晨停下腳步不知道該往哪裡走。「李先生？李文皓！聽到請回答我！」

小林追了上來，皺著眉搖頭。「我第一次到吳哥窟，不過我做過功課，應該很靠近陵墓了。」

「陵墓？」季芮晨打了個寒顫，「有停屍或是……」

「早沒了，被盜光了，長得跟我們一路上看到的都一樣，只是到了那兒就是另一個出口，應該會靠近敲心殿。」小林說得不太肯定，畢竟只是書上看來的。

小朱等人腳步紊亂的趕至，大家聚在一起，小林不停呼喊著李文皓，卻再也沒得到回應。

「妳不是很行嗎？」最後頭，陰沉沉的周樹紘突然開口。「鬼沒有告訴妳李文皓在哪裡嗎？」

「周先生！」小林不可思議的低斥著，他在說什麼？

季芮晨根本不以為意，她也是這麼想的，總得有個聲音吧？不管是慘叫或是哭泣，鬼魅應該會在交談中給她一些線索的。

快說話！你們平常不是話很多嗎？快點快點！

『好痛……』細微的聲音傳來，伴隨著褲腳的拉扯，讓季芮晨顫了一下身子。『好痛喔！』

她目視前方，褲腳有人握著，那是個孩子，小小的手拽著她，是柬埔寨語。

『快點跑！媽媽說快跑！再不跑會被殺掉的！』緊接著，一股拉力突然把她往前拉，季芮晨整個人身子傾前，不得不邁開步伐往前跑去。

「小晨！」念憶嚇了一跳，她二話不說就暴衝了？

「跟上！」小林不假思索的往前追，「大家都跟上！」後面這句是喊給周樹紘聽的。

他們一家三口正在痛苦的低潮期，許依婷緊抱著僅存的兒子，雙眼空洞，周樹紘心中充滿忿恨、悲傷與不解，他們被迫離開老大的死亡現場，為了李文皓進入另一個可能的危險。

么女生死未卜、大兒子死於非命，二兒子的腳也受了傷，周樹紘就不懂，為什麼是他？那個叫季芮晨的究竟是什麼人？她是裝神弄鬼，還是真的使了什麼邪術，刻意要咒他們一家。

兩個十字路口後，小林才發現腳步聲少了。季芮晨跑得真的太快，好像這是白天般清晰，路上他絆了好幾次差點摔慘，或是險些撞上石子，怎麼她就健步如飛？

再回頭時，身後的人都不見了，而他們眼前已經是對外的石門，踏出去就是戶外空間，更多高聳巨大的板根樹，敲心殿就在前方不遠處。

「小晨？」小林踏出外頭，她也狐疑的往外望，褲子邊的拉扯消失了。

「我不知道……我是被拉過來的。」季芮晨聽著風吹樹梢，現在只有可怕的感受。「李文皓？李文皓！」

「會在敲心殿裡嗎？」小林望著不遠處的一間獨立石室，「我去看一下好了。」

「我跟你去。」季芮晨深吸了一口氣，手電筒往四周亂照，這裡又是石子又是樹根的，偶爾照到浮雕在石頭上的巨型臉龐，她都會嚇到。

不管那張臉多慈祥的笑都一樣，這麼大張臉浮在石子上，她依然膽顫心驚。

『好美……好美喔……』

才走兩步，身後的聲音讓季芮晨止了步，她倏地回身，下意識伸手拉住了前面的小林。

「有聲音。」

「咦？哪裡？」小林也緊張回身。

「那裡——」季芮晨指向兩點鐘方向，不遠處的一個凸型外牆。「那邊有什麼？」

「咦？那邊？李文皓他們在那裡嗎？」小林飛快的用手電筒仔細的從右方照到左方，研究了路線。「那裡好像是墓穴，是路線終點，我們得從裡面繞進去，那邊是封死的，沒路可以走！」

季芮晨用力點了頭，他們再次轉身衝回廟裡。

同一時間，周樹紘正往裡頭走去。許依婷跟孩子在外頭寬廣處等待，這裡有奇怪的東西，像是石盆般的物體，還有出水口，但他無心多看便往右拐去，不停喊著李文皓的名字。

他沿路走進越來越窄的走廊，這兒的牆上詭異的到處都是洞，門上、牆上，除了慣有的女性雕刻外，就是滿滿的坑洞，一路走到最底端時，天井洞開，有微光照耀進來。

這裡是……停棺處吧？他看過介紹，滿牆的坑洞原本鑲著寶石，藍寶石、白寶石、紅寶石，在月光下交相輝映，最後卻被盜墓者取走，才會留下這一大片的洞洞牆。

伸手撫上坑洞，不經意的絆到了某個物體，嚇得他大叫起來。

「啊！」他向後跳了好幾步，光源照過去，地上竟然躺著個人！「……承哲？」

李承哲正是李文皓的小兒子，無力的躺在地上，渾身血紅，而且漫流了一地的鮮血。

怎麼回事？他趕緊蹲下身檢視，孩子一息尚存，但隨手一摸，身上都是泉湧不止的血液，周樹紘第一個直覺，是那駭人的樹根。

李太太是被穿透胸膛而亡的，這孩子……他咬著牙，將李承哲的衣服掀開一看——無數個小洞就在他身上不停冒血，卻又不是圓柱形的傷口？

才在忖疑，忽然一室通亮起來，周樹紘嚇了一跳，抬首卻看見剛剛滿室的坑洞裡，現在居然鑲滿了巨大的寶石，美得不可方物。

「這是什麼……滾出來！妳們在搞什麼鬼！」周樹紘放聲咆哮著，「休想誘惑我！把我女兒交出來！」

樂音聲起，弦樂奏得周樹紘毛骨悚然，他倉皇的望著不可思議的寶石牆，卻絲毫未動貪念，他知道這一定又是厲鬼的傑作，他知道是她們！

「妳們怨錯人了，殺妳們的不是我，是那個犯人！」周樹紘痛苦的大喊著，洞裡反射著他自己的回音。「為什麼要傷害我的孩子！為什麼——」

牆上鏤刻的女神突然舞動起來，周樹紘一時以為自己眼花，但是當女神從牆裡站出來時，他完全傻住了。

「如果不是你主張廢死，保下那個犯人，她們怎麼會死呢？」

昏暗的門口走進令人訝異的人，男子望著一室的寶石，顯得有些迷惑。

「你……你是……」

「我是鍾岱珈的男友，我叫謝宇宸。」謝宇宸淺淺的笑著，「你應該不記得。」

「同團的……」周樹紘無法專心，因為女神正在他身邊舞動，這男孩看不見嗎？「你知道什麼？」

「我知道角落有個可憐的男孩失血過多，但還沒斷氣。」謝宇宸笑了起來，「你不打算抱他出去嗎？」

周樹紘擰起眉心，「他活不了了，沒辦法帶他走。」

「果然是周樹紘，只要死別人的孩子都無所謂。」謝宇宸咯咯笑了起來，「太厲害了，始終如一啊！」

「你是誰？」周樹紘橫眉豎目，「你跟這件事有關？」

「郭晏婷是我的姊姊。」

周樹紘頓時瞠目結舌，郭晏婷的弟弟？他沒見過……不，他就算見過也不會記得，因為死者的家屬出現時，總是戴著帽子與口罩，無法分辨樣貌。

「那不干我的事。」周樹紘緊張的回著，「我們要相信人性本善，不能夠用一個案件就決定一個人的生死……要相信他能悔過，所以——」

「所以只要道歉就能悔過了？」謝宇宸輕蔑一笑，「地上那男孩是我殺的，我用刀子一刀一刀捅的，但是我很抱歉，我只是一時失控……這算不算有悔意？」

謝宇宸冷冷的望著他，嘴角的笑極其無情，周樹紘不知道該不該相信他說的話。李承哲是這個男生殺的？怎麼可能，他們更是無冤無仇——除非，他知道「那件事」！

謝宇宸的眼神望著漫舞的女神，他從容的拿起水壺喝了兩口水，再望向滿牆寶石。

「要挖幾顆走嗎？這幾顆就可以讓你一輩子不必工作了。」他伸手摸向牆上的寶石。

「這是陷阱！你們是對我下了什麼蠱、還是什麼妖術！」周樹紘急忙的往外衝，「滾開！滾——」

謝宇宸一個箭步上前，硬是阻擋了周樹紘的去向。「沒那麼容易讓你走。」

「你做什麼！」周樹紘怒目咆哮，「有什麼事衝著我來！」

「還沒輪到你呢。」謝宇宸冷冷說著。

還沒……輪到他？周樹紘一怔，那麼，現在是輪到誰——老婆！

※　※　※

「媽咪，那是什麼？」周家育指向眼前的石狀物問著。

那是個長方形柱體，許依婷拿著手電筒照去，整個方柱幾乎都是實心，而正中間有個深洞，旁邊還有兩個小洞，而再往下有個出口的渠道，感覺是上頭集了水，由渠道流出。

「裝水的吧？有點像石井。」許依婷隨口說著。

「那叫林珈與優尼。」看不見的黑暗中，傳來女生的聲音。「中間應該插有圓柱，象徵陽具與陰器，代表種族繁衍、生生不息。古時印度教會將水自林珈淋下，水從優尼的出水口而出，用以治病袪邪，現代人則是以觸碰來得好運或是生子順利。」

許依婷嚇了一跳，緊緊抱著孩子，看著走來的女生後，又鬆了一口氣。是同團的女孩，記得叫鍾岱珈。

「妳落單了？」她溫柔的問。

「沒有，」鍾岱珈搖了搖頭，「刻意走散的。」

刻意？許依婷聽見這話，覺得奇怪。「妳男友呢？」

「在裡面對付妳丈夫。」她微笑著，筆直朝許依婷走來。「而我，是來對付妳的。」

咦咦！許依婷惶恐的往後退，鍾岱珈卻只是回以微笑。

許依婷抱著小孩反身就想跑，卻在一轉身之際，瞧見了披頭散髮、身子殘缺的女人們，擋住了她的去向。

「哇呀——」她嚇得差點鬆手，險些摔了孩子。

「媽咪……」周家育也瞧見駭人的厲鬼，嚇得魂飛魄散。「鬼！鬼！」

許依婷連忙把身上的平安符拿出來，直對著女鬼們，這符上有八卦，人們說很靈驗的。

「滾開！走開——妳們是誰，為什麼要害我們？」

女鬼吃力的往前移動，其中一個的腳板碎了，走路變得相當的吃力，另一個女人根本沒有腳掌，她才想往前走，就瞬間砰的撲倒在地，然後聳起雙肩，開始往前爬行。

另一個歪著頭、吐著舌的女鬼抽搐著，頸子上還絞著繩子；而唯一四肢健全的女人，露出陰惻惻的臉龐，直起身子，亂髮下是張極其完整的臉龐，她攙著腳板碎裂的厲鬼往前，每走一步，那厲鬼身上就落下更多的鮮血。

只是這瞬間，許依婷認出了那完整身體的女人。

「不、不可能……」她搖著頭，「怎麼會……」

『妳……說我們活該……』女鬼壓低著聲音，『說我們誘人犯罪……』

不不……許依婷顫抖著，眼淚不停的流，懷中的孩子摟得她死緊，已經嚇得屁滾尿流了。

『是我們誘惑兇手侵犯我們對吧？』拖行著的厲鬼咬牙切齒的說著，『我們已經死了，所以不需要人權了！』

『我好痛啊！好痛啊啊啊——我沒有要誘惑誰！』地上爬行的女鬼瘋狂的嘶吼，朝著許依婷快步爬來。『為什麼要這樣說我！』

「我沒有！我只是——」許依婷哭喊著，她只是要幫樹紘想個辯護的理由而已啊！女孩子打扮入時，深夜未歸，自然影響到精神不正常的強暴犯，而他會出手攻擊，也是因為自幼失去母愛的補償心態，他想要溫暖的懷抱、他……

「都是藉口！」電光石火間，孩子猛然被鍾岱珈抱走，許依婷完全措手不及。

「啊——家育！」她驚聲尖叫，孩子竟從她懷裡被奪走。

「說道歉就叫悔意？失去母愛就可以強暴別人甚至殘殺別人？」鍾岱珈扣著又哭又掙扎的孩子大吼，「那妳看著，我等一下也可以懺悔給妳看——」

餘音未落，鍾岱珈狠狠的握住周家育的雙手，竟將人往石盤上砸去。

「不——」骨頭撞擊聲響，血花頓時四濺，許依婷放聲慘叫，欲往前營救的雙腳，倏地被爬行的厲鬼緊緊扣住。「嗚啊——」

這是夢、是幻覺！她很想這麼說，但是腳上的刺痛感是如此真實，身後貼上的腐臭味讓她想要作嘔。

而眼前那個看起來溫柔天真的女孩，居然抓著她的孩子往石盆裡一摔……再摔……

手腳被打爛的郭晏婷緩緩貼上了鍾岱珈，甚至嵌進她的身體裡，與她同步動作，讓鍾岱珈能夠把孩子舉得更高、摔得更重。

『妳知道被囚禁的感覺是什麼嗎？』厲鬼們將許依婷往牆邊逼去，『妳知道被打碎腳板的感覺是什麼嗎？』

一張面目全非的臉湊近了她的眼前，上頭腐肉處處，肉蛆靈活的蠕動著。『妳知道呼救無人理的感覺是什麼嗎？』

「哇啊啊——哇——」許依婷歇斯底里的尖叫著，她緊閉上雙眼，多希望睜眼就什麼都恢復正常了。

但是，她依然聽見骨頭的撞擊聲，再睜眼，看見的還是駭人的女鬼們跟她再也不會動的孩子。

「祈禱吧，從這邊流下去的都是聖水。」鍾岱珈渾身都是血，把那頭骨開花的孩子硬塞進石盆裡。

鮮血大量的往下流進渠道，鍾岱珈蹲下身子，扭開隨身的水壺，在最下面盛接新鮮的血。

「我的孩子！不——妳怎麼能這麼殘忍！」許依婷發狂的吼著，「他只有七歲！只有七歲啊！」

「人命跟歲數是沒有關連的。」鍾岱珈認真的盛裝鮮血，裝滿了，就任鮮血繼續往下滴落。

她對著許依婷，居然就口飲了下去。

許依婷瞬間乾嘔，朝旁邊吐了起來，壓制她的厲鬼不知道何時已經消失，她無力的跪在地上猛吐。

「我很抱歉，我不知道會發生這樣的事……我只是一時衝動。」鍾岱珈的聲音幽幽傳來，還伴隨著低泣聲。「我是家暴家庭裡的孩子，我總會一時失控，對不起，我真的不是故意要殺妳孩子的，對不起……」

鍾岱珈句句出自肺腑。

她真的生在痛苦與暴力的家庭，一切都是因為認識謝宇宸後才改善，宇宸的姊姊待她如親姊妹，愛屋及烏的照顧她。出事那晚，姊姊就是因為幫她舉辦了生日趴才晚歸的。

她問了上天不只一次，為什麼死的不是她，而是宇宸的姊姊？那個又溫柔又有愛心的小姊姊。

許依婷怔然的望著鍾岱珈，她在懺悔？那冷血的女人在假惺惺的懺悔！

石地上出現嘩啦的水聲，塞在石盆裡的孩子頭部已經扭曲到認不出來，一塊腦部組織軟綿綿的從腦腔裡滑了出來，咕溜的順著渠道滑下，見狀的許依婷又是一陣反胃。

但是，下一秒她以為自己看錯了，居然憑空出現了滿室的鬼魂，她嚇得貼著牆不敢輕舉妄動，那是多嚇人的景象，一堆沒見過的屍骨爭先恐後的衝向鮮血石盆，他們身上都穿著破爛的棉布衣裳，身上都是傷，還有人身上甚至燃燒著火。

『鮮血！快！新鮮的血！』

『不行！會墮入魔道的！』有的鬼魂阻止身邊的鬼搶奪鮮血。

『只要離開這裡，做什麼都可以！』

『難得有活生生的祭品啊啊啊！』

兩道光芒忽然從左側照來，緊接著是腳步聲，然後是小林的吼聲：「滾開！」

他直接衝了過來，手裡拿著不知道什麼東西，就往石盆裡潑灑而去，許依婷空洞茫然的雙眼只看見一群或枯屍、或爛屍、或是身上插著箭矢、著火的鬼魂們驚恐逃竄，瞬間消失在黑暗與煙塵之中。

小林停下腳步，不可思議的看著石盆裡的屍體，再立刻看向滑下地板的許依婷。「這是……這是家育？」

許依婷沒有回應，只是淚如雨下，緊接著她的身後傳來暴吼聲與奔跑的足音，跌倒、踉蹌、低咒，最終從那廊道裡衝出一臉驚恐慌亂、臉色鐵青的周樹紘。

他的眼裡全是恐慌，先對上小林的雙眼，再立刻看向左側坐在地上的妻子，瞧他滿頭是汗，似乎奔跑了好長一段距離……往那邊走有路嗎？

「孩子呢？」他上氣不接下氣的說著，燈光照在太太身邊。

許依婷遲緩的昂首，用悲悽的眼神望著他，然後視線移到了左斜前方，也就是周樹紘正前方的石盆裡。

周樹紘立刻回首，光源一移，就照在脆弱幼小的屍體上。

他的孩子，就在那石盆裡，小小的頭顱無一完處，迸開的傷口處處，鮮血淋漓、腦腔裡的組織橫流，順著溝渠往下，一重接著一重，滴落在石板地，滴答滴答，滴答滴答。

「啊啊……啊啊啊啊——」他瘋狂的叫聲迴盪在石寺裡，「家育！啊啊！」

小林下意識的後退，連續痛失愛子的父親，周樹紘的眼裡已經逼近瘋狂。小林戰戰兢兢的探視四周，燈光閃過，赫然發現右手邊的廊道口，居然站著一個人。

「岱珈！」他差點沒把手電筒嚇掉，「妳怎麼……全身都是血……」

鍾岱珈的臉已被血染紅、身上也是，連嘴角都是鮮紅色的，她就筆直的站在原地，眼神裡似是含著笑，望著周樹紘痛徹心扉的吶喊。

「周先生，對不起……我不是故意的。」鍾岱珈忽然幽幽開口，用哽咽的語氣。「我只是一時情緒失控，我是真的後悔了，請你原諒我。」

周樹紘根本完全反應不及，他不明所以的望向鍾岱珈，不懂她在說什麼。小林也丈二金剛摸不頭腦，鍾岱珈受傷了嗎？為什麼身上都是血？而她莫名其妙道什麼歉？

「是她！」許依婷驀地迸出淒厲的叫聲，「是她抓著家育往石盆裡敲的，把家育敲得頭破血流，還塞進去說那是祭品，血是聖水……她甚至裝了家育的血到水壺裡喝！」

什麼！小林倒抽一口氣，鍾岱珈？那個身高可能才一百五十五、瘦弱又纖細的女孩，把一個七歲的孩子活活摔死……甚至喝他的血？這怎麼可能！

周樹紘也滿臉不可置信，但是他很快的想起剛剛在陵墓裡，與謝宇宸的對話。

「你們……你們為什麼要這麼做？」他瘋狂的暴吼，朝著鍾岱珈衝過去。「她們的死與我無關！」

「周先生！」小林直覺的上前攔住他，他知道，放任周樹紘衝上去，他說不定會失手殺掉鍾岱珈。

「我道歉了，我有深深的悔意，真的。」鍾岱珈邊說，邊鑲著笑退後。「周樹紘，如果檢察官求處我死刑，你要記得幫我爭取免死喔！」

餘音未落，她帶著銀鈴般的清脆笑聲，返身在黑暗中消失。

「你滾開！你跟他們是不是一夥的！」周樹紘發狂的推著小林，「他們殺了我兒子！殺了我兒子啊！」

「周先生，你冷靜一點！」小林覺得自己在說屁話，孩子死在自己面前，要怎麼冷靜！但是，不能放任周樹紘去追鍾岱珈，這是他的直覺。

咆哮、哭泣聲在石廟裡迴盪再迴盪，十步之遙的黑暗中，季芮晨痛苦的跪倒在地，她無法前進，因為聽見了數以千計的鬼哭神號。

她聽見悲哀淒慘的叫聲，母親喊著孩子、孩子喊著母親、丈夫喊著妻子，口裡高喊著逃命、往前奔，還有失火了等等災難的聲音，最可怕的是刀槍劍戟的金屬聲響，聲聲錚錚然，令人膽顫心驚。

她掩耳闔眼，聲音卻還是不絕於耳，似乎有好多人躺在她身邊，不停喊著爸爸、媽媽，好痛等等的話語……她悄然睜眼，這一次看見的不是黑夜，而是橘光沖天。

透過窗子往外看，可以看見遠處的大火，有許多人在奔跑逃命，箭矢漫天飛射，無辜的人民一一倒下，也有拿著石頭砸人、拿著刀子四處亂砍的，整片大地染滿了紅血，充斥著痛苦的哀鳴。

這裡……曾經發生過什麼事？

而帶著怨氣的厲鬼們在這裡，是否牽引出千百年前的什麼？

※　※　※

「不是針對你，但真的很遺憾。」謝宇宸望著地上的屍體，喃喃說著。

他跌坐在地上，感受得到後腦勺的血汩汩流出，剛剛跟周樹紘扭打時，他絆了一跤，加上對方使勁一推，頭就撞上了石牆，他可以感受到傷得不輕，劇痛襲來。

耳邊傳來樂音聲，他拿起水壺又喝了一大口，多希望姊姊可以繼續助他一臂之力，至少讓他活著結束一切，走出這裡；眼前的女神們越來越清楚，他不知道是自己失血過多出現幻覺，還是這些是真的？

掙扎著起身，身在寶石輝映的石室內，他挑起一抹笑。

岱珈應該比較喜歡鑽石吧？他從包包裡硬找出枝筆來，挑了顆碩大的白寶石，使勁的把它挖出，就算他會死在這裡，至少也可以把寶石送給鍾岱珈，她一定會很——

噗——才挖下來，那孔洞裡瞬間噴出汙泥般的鮮血，濺得謝宇宸滿臉都是。

那腐臭味刺鼻，他瞬間跌在地上嘔個不停，而一隻手忽然抓住了他的手腕。瞪大了眼睛瞧著，是李承哲。

身上千瘡百孔的他，正咧嘴而笑。『大哥哥，很美吧……』

連慘叫都來不及，謝宇宸身邊突然出現了不該存在的模糊鬼影，他們團團的圍住他，伸手拾起了他剛挖下來的白寶石。

『等你很久了……』一個高頭大馬的男人笑著，他雙眼暴凸、全身濕亮，屍油和著不知哪來的水涔涔滴著。

『我要離開這裡！這小子是我的！』另一邊的矮個兒明顯的是浮水屍，全身泡腫得噁心，手裡還拿著鑿子。

『我的！我要離開這裡！』高瘦男人拿起鐵鎚，一把扯過了謝宇宸。

這是什麼——姊姊！姊姊！妳在哪裡？謝宇宸驚恐的眼裡，最終看到的是一把鎚子與一把鑿子，同時砍了過來。

女神跳得婀娜起勁，祂們巧笑倩兮，扭腰擺臀，樂音聲綿延不斷，李承哲微微笑著，仰首望著一室閃耀，染上一絲紅潤。

『好美……好美喔……』

# 第九章

「小林、小林！」季芮晨踉蹌不已的奔跑過來，「小林！」

「咦？」小林倉皇回首，現在聽見呼喊，他都會自腳底發寒。「怎麼了？」

他還正拽著周樹紘，季芮晨卻焦急的跑過來。「吳哥有發生過什麼事嗎？戰爭或是什麼屠殺？」

「妳——妳也跟她們是一夥的嗎？」周樹紘一瞧見季芮晨，又是瘋狗亂咬，急著要撲向她。

「周先生，先想想你老婆好嗎？」季芮晨沒好氣的喊他，「你用腦子思考一下，那些鬼的目標是什麼、目的是什麼。」

周樹紘瞪大雙眼，看向已經失了魂的許依婷。

季芮晨望向小林，她急的不是那些女生，對她而言，存在於這片土地上的其他鬼更可怕。

「有一個傳聞說，吳哥王朝當年曾經有過屠殺，所以那時被迫遷都，就是因為這樣，這裡才會荒廢五百年。」小林憑藉著記憶，「這是我從書上看來的，不過來這邊第一天我有問過小平哥了，他說的確有這樣的傳說！」

「屠殺……」她咬著指甲，「這邊的鬼多得不得了，現在不只是跟周先生有過節的厲鬼了，還有當時被屠殺的厲鬼，全部都在抓狂……我不知道他們為什麼會突然甦醒，可是……」

為什麼？小林愣了一下，不由得回身看向在石盆裡的屍體。「是因為血嗎？」

接連不斷的血腥，喚醒了沉睡中的亡者？

順著小林的視線望過去，季芮晨緊接著爆出尖叫，她並不知道剛剛發生的事情，不明白為什麼那個小孩會慘死在石盆裡。

「這什麼？」她抖著手指向孩子。

「周太太說岱珈殺的，把孩子往裡頭摔，讓血順著流下，還盛去喝了。」小林覺得自己在說一件荒唐的事，那個鍾岱珈？「我覺得是真的，我剛看見鍾岱珈……」

他把事情簡潔的描述了一遍，尤其是鍾岱珈「懺悔」的那段，講得季芮晨全身都起了雞皮疙瘩。

「這怎麼可能？岱珈對周先生？」她也覺得荒唐，「怎麼會有過節？」

「她男朋友的姊姊，是第二個死者，郭晏婷。」周樹紘喃喃說著，指向了右手邊的甬道。

「剛剛他在裡頭堵我，就是不讓我出來。」

「裡面？」小林狐疑的一步上前，那裡應該是陵墓所在了。

季芮晨揪住了他，搖搖頭。「我覺得不要進去會比較好。」

那裡頭正傳出詭異的樂曲聲，很像他們觀光時，在各個景點外的演奏樂團。

在吳哥窟觀光時，很多景點裡除了兜售商品的小孩大軍外，還有一批因為戰事而身體殘缺的人們，或斷手或缺腿，也有眼盲者，他們會帶著熟悉的樂器在外面演奏，期待觀光客打賞。

那都是傳統音樂，現在這陰暗血腥的塔普倫寺裡，怎麼可能會有這種音樂從死巷內傳出來？

「周先生，你真的……」季芮晨很不想這麼說，「害慘大家了。」

「妳說什麼？」周樹紘瞋目暴吼，這女人在說什麼！

「我又沒說錯，就事論事，那幾個受害者因為恨你成了厲鬼，一路追到吳哥窟來，那應該是你們之間的過節，可是、可是……」她難受的嘆了口氣，「可是卻引起了這片土地上沉睡已久的亡靈，不甘心死的、不知道自己死的，現在全部都爭著想要離開這裡。」

「離開？」小林倒抽一口氣，抓過季芮晨。「妳有聽到他們說怎麼離開嗎？」

「我猜，最最傳統的方式，抓交替。」她眉頭打了千千結，「有殺戮有鮮血，因為他們一直喊著有人死就能離開，所以……」

「妳還在裝！」周樹紘猛然一把扯過季芮晨的衣領，嚇得她花容失色。「我女兒呢？妳跟那些受害者是什麼關係，妳們究竟有什麼盤算？」

「呀！放手！」季芮晨直接被拎起，她驚慌的掙扎著。「這不關我的事啦！」

「妳一定有份！就是妳！」周樹紘狂暴的搖著季芮晨，她都快不能呼吸了。

小林趕緊伸手箝住周樹紘的手腕，使勁將他拉開，怎知失控狀態下的周樹紘力道驚人，彷彿想置人於死地般的使力，就是不放手。

「對不起了。」小林滿臉歉意的一把握住周樹紘的手腕，瞬間往後一扭，季芮晨只覺得空氣頓時進入肺部，旁邊發生什麼事一概不知。

她跌摔在地，撐著的手掌一片濕潤，溫熱的鮮血漫流在地，伸手一瞅，滿手都是石盆裡屍體黏膩的血液。定神後再往前看，只見周樹紘的手被反制在後，仍舊大聲咆哮，小林努力請他安靜。

「別吵了……」她實在心煩，「我只希望大家都平安。」

其他的誤解怪罪她不想理睬，因為她沒做就是沒做，行得正就好。現下她只怕這邊的亡靈作怪，沒遇過也聽過，鮮血最易喚醒沉睡的亡靈，有的殘虐、有的不解，有的為了自己能離開死亡的束縛，不惜犧牲活人的性命。

別開玩笑了！這裡的亡靈是屠殺下的產物耶，不管哪一方，只怕都會往殘忍走去！小朱她們不知道跑哪裡去，希望阿丹他們也還在一起，還有鍾岱珈他們人呢？賴眉宇那一對、年紀最大的老林，在這陰風慘慘的塔普倫寺裡，還能發生什麼好事！

「我也是！有什麼事等大家都安全了再來算帳不行嗎？」小林也動了怒，「我知道你正經歷喪子之痛，可是別忘了還有小萱、還有你妻子……而我是要負擔所有團員的安全，不只是為了你們！」

「安全？我孩子都慘死了，你負責什麼！」周樹紘聲嘶力竭，伴隨著淚水。

「死者已矣，我們要把希望放在活著的人身上。」小林沉痛的回道，「周先生，你應該比誰都能諒解才對。」

因為，主張廢死的就是他啊！

受害者固然可憐，但是已經離世了；加害者固然可恨，但他還活著，他是個人就擁有生存權，不該輕易剝奪之。要給活著的人一個重生的機會，由惡轉善，只要有開始，都不算晚。

這是他公開的言論，言猶在耳，但現在的周樹紘卻一個字都聽不進去。

但他不再激動，小林也沒時間跟他耗，鬆了手後周樹紘忍著疼撫著手，許依婷茫然無法動彈，只是任憑淚流滿面。

「我要用最短的時間找到人，十分鐘，找不到我先把你們送回車上。」小林做了決定，把腰包裡的東西都往身上戴。「妳也多戴兩條……」

「不了。」季芮晨婉拒，「給他們吧，我出事的機會很低……」

「喂，哪有人這麼鐵齒的？妳真的幸運到連這種厲鬼發狂的狀況都能逃過？我聽說厲鬼跟凶惡的亡靈真要作祟，很少有人能夠逃過的耶！」小林憂心如焚，就不知道這位季小姐怎可以這麼泰然。

「我不是一直都沒事嗎？」她咬了咬唇，「給他們戴，不然就留著等用，你剛剛灑那個水沒有效的。」

「那是符水，也是強效的。」小林沒好氣的拿著兩個平安符往周樹紘那邊去，卻被斷然拒絕，他只有摸摸鼻子回身。「不勉強，我們走了。」

他催促著，周樹紘的動作卻慢得很，季芮晨早已等不及的回頭走去，先離開這室內，到外面去……人逃難時都有這種習慣，不願讓自己困在封閉的地方，勢必會往戶外寬廣之處去。

周樹紘攙著失神的太太往前走，他們都想抱著孩子走卻無能為力，小林請他天亮再來處理，現在抱著屍體走絕非明智之舉；小林跑到季芮晨前面領路，事實上她認得路，不過小林職責所在，完全擔起了領隊之責。

失蹤的人生死未卜，塔普倫寺這麼大，季芮晨只希望大家平安，希望女鬼們手下留情……如果能壓制當地的亡靈就更好了。

一路走向敲心殿，出石廟時就發現外面燈光閃爍，有人從地上倏而站起，將手電筒往門口這邊照。「小晨！」

小朱又哭又笑的朝這邊跑過來，她跟念憶都平安，不過全身受傷，看起來狼狽不堪。

「妳們有遇到什麼嗎？」季芮晨緊張的問。

「沒有遇到誰啊，你們走好快，我們一下就找不到了。」她身後走來一跛一跛的念憶，

「結果我們又驚又急，直接撞上立在中間的奇怪東西，撞得好慘！」

「奇怪的東西？」季芮晨緊張了幾秒。

「很像石磨還是井的東西，我們哪敢看啊，顧不得疼，拔腿就跑。」小朱嘆口氣，「是念憶從窗外看到樹，我們才跑出來的，跑出來也不敢亂走，就在這邊等。」

「是林珈與優尼。」小林聽得懂她們在說什麼，「一根圓柱放在石頭裡的感覺對吧？」

「對對對！」小朱亮了雙眼，一副敬佩的樣子。

「這一區很多地方都有，古時祈求生子的吉祥物，都是巨石雕的。」小林嘆口氣，打量兩個女生全身上下，別說瘀青了，連腳也拐到，摔得不輕。「只有妳們兩個嗎？阿土他們呢？賴眉宇或是老林他們……」

「沒看見，我們跟阿土他們走散了，還有岱珈他們呢？」念憶也拿著手電筒亂照，照到後面的周樹紘，那眼神看了就惹人厭。

「也沒在這裡。」小林避重就輕，「前面還有一個敲心殿，我去找一下，你們在這裡不要動。」

「敲心殿耶！」小朱悄聲的說，「聽說很玄，只要站在某個位置，敲胸膛會有回音。」

「應該是建築原理吧。」念憶沉吟著。

季芮晨一點都不想討論這個問題，她主動跟上小林，沒理由讓他落單，她一動，其他人也跟著動，沒人想留下來，最後全部都往敲心殿而去。

所謂敲心殿，是一個獨立的特別小建築，是一棟窄小方室，兩個出入口，一為進、另一個為出；進去後左右兩邊為牆，而走到離牆約幾公分處，輕拍心窩處，可以傳來陣陣回音。傳說回音越大，表示你越有良心……其實說穿了只是一種巧妙的建築構造，只要站的位置對，怎麼樣都能敲出通天響音。

沙沙——季芮晨緊張的往旁邊陰暗的參天巨木照過去，彷彿看見一個人影閃過。

「小晨！」小朱花容失色，她嚇到她了！

「對不起……」季芮晨僵硬的笑著，「我只是好像看見……」

咦？兩個女生睜圓了眼，臉色泛白，季芮晨沒敢說下去，可是又沒好預感。

沒幾步路後終於來到敲心殿，小林頸子上大概什麼都掛了，現在拿起一串佛珠，嘴裡開始唸唸有詞。

望著他發抖的手，季芮晨也緊張不已，猶豫著是否要陪他進去。

說時遲那時快，居然傳來敲擊聲響！

砰砰砰砰砰——

小林立刻節節後退，伴隨小朱她們的尖叫聲，所有人火速退離敲心殿幾公尺遠。

「那是什麼？」念憶驚恐的問。

「不知道。」小林還真的有問必答哩，手電筒往裡頭照，可是什麼也照不到。

「哇啊！啊啊！」裡頭迸出吼叫聲，「把我的孩子還給我！還給我！」

所有人不免一怔，旋即面面相覷，這不是李文皓的聲音嗎？裡面那個人是李文皓？剛剛求救得這麼大聲，等大家都到了卻不見人影，現在又跑到這兒來了？小林不由得懷疑，李文皓還活著嗎？

「那是李先生吧？」念憶跟小朱抱在一起，「他好奇怪，剛剛不是在另一邊喊救命嗎，結果竟然在敲心殿裡？」

小林回頭看了季芮晨一眼，她搖頭聳肩，她現在什麼都沒聽見。

「文皓！」結果，一步上前的是周樹紘。「回答我！我是樹紘！」

果然奇怪！季芮晨心裡的疑問更大了，周先生直呼李先生的名字也就算了，稍早時李先生稱呼周宜萱時，也是親暱的直呼小萱——只是同團，怎麼會這樣稱呼？

「我錯了！求求妳們把孩子還給我！」李文皓的聲音持續的在裡面傳開，「我不應該幫那個人渣辯護，我不應該支持他有重生的機會！」

他在跟誰說話？季芮晨狐疑極了，裡面還有別人嗎？他在求誰？

周樹紘二話不說直接往裡走去，小林拉住他又被甩開，他回眸瞪小林時，只差沒說礙事兩個字。

「兇屁啊！」小朱咕噥著。

「囂張能多久。」念憶冷冷的嗤之以鼻。

季芮晨不想理會個人觀感，她小心翼翼的跟進去，敲心殿裡並沒有想像的暗，因為地上落著手電筒，李文皓就站在九點鐘方向，緊靠著牆面，難怪從外面看不到他的身影。

裡面只有他一個人，他就站在牆邊，使勁敲著自己的胸膛，一邊放聲大吼。「都是我的錯！我沒良心、我害死了妳們——把我殺了都沒關係，但是請妳們放過我的孩子！」

「他已經死了！」周樹紘激動的吼著，「承哲已經死了！」

「什麼？」驚訝的是小林跟季芮晨，什麼時候的事？

李文皓敲擊胸膛的動作倏而停止，他看上去非常疲憊與憔悴，亂髮與渙散的眼神似乎道盡了他的遭遇，他只提到孩子，想來說不定已經知道妻子已身故……甚至是在他面前身亡的。

「死了……怎麼可能……」李文皓喃喃唸著，貼上了身後的牆。「為什麼不放過他？害妳們的是我，不是他！是我讓那個人渣免去死刑的，是我編造一堆理由為他脫罪的！」

「李文皓！你在說什麼，我們做的並沒有錯啊！」周樹紘氣忿的打斷他的話語，「每個人都是平等的，不經過治療怎麼知道他不會變好？在不能確認他的未來之前，法律不能隨意奪取人的性命！」

「樹紘……那個人出獄後殘殺了兩個女生啊，兩個才二十幾歲的女生！」李文皓狂亂的上前，抓住周樹紘的雙臂。「他是我們放出來的……如果當年就讓他被判死刑的話，就不會有人死了，那兩個女孩就不會死了！」

「可是十五年前我們並不知道他會變成這樣啊！如果他現在救了兩個女生呢？當年如

果就這樣殺掉他，他不是一點機會都沒有了？」

「問題是他已經殺了人了啊啊啊——」李文皓歇斯底里的長嘯著，「未來是不確定的，但是值得我們冒這個險嗎？值得那兩個才二十歲的女生冒這個險嗎？」

「不能因為個案就放棄自己的理念，有更多善良的人只是一念之間的犯錯！」周樹紘聲嘶力竭的吼著，「你如果放棄，那些惡鬼就得逞了！」

「得逞……她們已經得逞了啊！我們的孩子已經死了，孩子已經因為我們的錯而被殺了……」李文皓絕望的搖著頭，「樹紘，你有想過受害者的不甘嗎？有想過她們會變成兇狠的厲鬼來復仇嗎……」

孩子……周樹紘緊繃著身子，他的孩子也慘遭不測啊！

「所以你也會幫我們辯護嗎？」敲心殿的另一側，突然出現鍾岱珈的聲音。「我一時失控殺了你的孩子，把他摔得頭破血流……說不定我十年後會變成好人，我有心向善，真的，你相信我嗎？」

周樹紘雙眼倏地瞪大，血絲滿布，他二話不說的發狂大吼，就朝著鍾岱珈衝了過去——「我殺了妳！我殺了妳——」

「哈哈哈！哈哈哈！」鍾岱珈嘲弄般的笑了起來，「你那冠冕堂皇的言論到哪裡去了？為什麼會想殺了我呢？哈哈哈！」

笑聲不絕於耳，季芮晨訝異的看著這一切，剛剛是鍾岱珈的自白，那個女生真的殺死了才七歲的孩子，這是多令人髮指的行徑啊，她怎麼會這樣做？可是……周樹紘只是話說得好聽而已，當受害者是自己的親人時，怎麼一切就截然不同了？周樹紘為什麼不能貫徹自己的信念，不斷送她的未來，相信她會變好？

卻反而想要親手殺了她？

鍾岱珈轉身跑得快速，周樹紘才要捨下李文皓衝出去，對面的出口卻突然閃進了兩個人影，對方動作非常快，手上各拿著一把刀，分別往李文皓跟周樹紘身上劃下。

這一切讓人措手不及，小林照向來人，驚異的發現居然是阿丹跟阿土！他們手上的刀子都是稍早在超市買的折疊式水果刀，上頭沾著鮮血，還好整以暇的折回去。

「別鬧了……」季芮晨心裡涼了半截，「別告訴我們你們跟那些案件的受害者也有關係……」

阿丹揚起笑容，瞇著眼望著周樹紘。「很陌生厚，你不可能認識我，但一定認識我母親——葉思涵，被絞死在樹上的那一位。」

十五年前的第一個死者，葉思涵，當時的確有報導，她是單親媽媽，未滿二十就生下孩子。

有沒有搞錯，阿丹居然也有預謀？

「這是什麼意思？你們……世界上不可能有那麼巧的事！」連小林都忍無可忍了，「你們是怎麼擠到同團的？」

「這有什麼難的，只要有心，沒有做不到的事。」阿丹雙眼淩厲的瞪著周樹紘及李文皓，「雖然我還很小，但是殺死媽媽的人居然還能夠繼續殺人，你大概無法了解，每天晚上母親到我床邊跟我哭喊的情況吧！」

咦？季芮晨愣了一下，每天晚上？阿丹是陰陽眼？還是她的母親沒有放過她？

「好不容易等到這天，請你們親自向她們解釋吧。」阿土也默然的退後，兩個人才剛用刀劃傷周樹紘他們，卻沒有選擇報仇的行為，讓小林十分狐疑。

「等等，你們拿著沾染他們血液的刀要幹嘛？」他上前一步。

「當然有我們的用處，有了血，亡靈就不會找錯人。」阿丹咯咯笑了起來，「要召喚也容易多了……」

季芮晨渾身不對勁，搓著雙臂上前。「阿土……你知道你在做什麼嗎？這是阿丹家的事情，你要跟著犯錯嗎？」

「犯錯？」阿土挑了眉，「妳不知情我不怪妳，偉大仁慈的周先生應該猜得到我是誰吧？」

周樹紘緊皺著眉心，雙拳緊握著顫抖，滿腦子喊了無數次不可能，但出口的話卻令人訝異。「雙胞胎……那個死者有對雙胞胎！」

咦咦！這麼說來，阿丹跟阿土根本是偽裝成情人的姊弟……或兄妹！

「你們不要亂來！我不知道你們母親的怨靈跟你們說了什麼，可是不能照做，她不能為了一己之私就毀掉你們的人生！」

「沒有她，我們連人生都沒有。」阿丹幽幽的說，拉著阿土離開。

「等等，那小朱她們——跟你們是……」季芮晨心生不妙，這團有兩對是帶有目的而來，太詭異了！

「我們跟周樹紘的過節，與小朱她們無關。」阿土冷漠的瞥了季芮晨一眼，「我們還有事要去處理，剩下的……慢慢享受吧，李先生。」

「對不起、對不起！我們沒想過這樣的……真的……」李文皓失心瘋般的喊著解釋，「我們只是不想要輕易取人性命……」

『但是你們卻讓我們死了。』李文皓正對面的牆上，倏地浮出四個女鬼。

哇啊！季芮晨跳了起來，小林連忙護著她往後退，怎麼說出現就出現，嚇死人了！

阿丹跟阿土退到一個程度後就奔離，現下從這往對面的門望去，已經什麼都瞧不見了。

『你們不知道我們死得多痛……開心嗎？高興嗎？』四肢健全的女鬼直指著李文皓問，『你們救一條人命，害死了另外兩條人命，開心嗎？』

「我不知道他會這樣啊！我們相信他會變好的，會……」李文皓搖著頭，淚如雨下，「妳們也不會知道他能不能變好啊！」

『我好痛啊……』爬行著的女鬼撐起身子，她的胸前，有兩個碗口大的傷口，那兒血肉模糊不說，肌肉與脂肪組織爛成一團，盈滿了蠕動的蛆蟲，想來應該是黃怡綸。『你們的信念讓我生不如死啊啊——』

不行！小林咬牙拉過季芮晨往外走，小朱她們的聲音從敲心殿外傳來，憂心忡忡的問著「怎麼了、怎麼了」，不過小林沒空回答她們，只是叫她們再退後點。他趕緊從腰包裡拿出另一尊小佛像，擺在敲心殿的正門口，然後拿出一面小的八卦鏡，奔到另一面的門口放著。

「你在做什麼？」念憶狐疑的問。

「妳們退後，我要把敲心殿圍起來。」小林邊說，一邊拿出一顆顆佛珠，開始間隔距離擺放。「得鎮住那幾個女鬼。」

「哇塞……你會喔？」季芮晨瞠目結舌，蹲在旁邊望著。

「不會，但是我背過怎麼擺，也背過咒語。」小林很認真的說著，還拿出一張小抄。「不然我可以照著唸。」

「我好放心喔……」季芮晨覺得更不安了。

「妳很煩，死馬當活馬醫。」小林嘖了一聲，不然能怎麼辦？

但說也神奇，當小林擺上最後一顆佛珠時，那佛像居然迸出金光，固定距離的佛珠也發出一樣的光芒，八卦鏡反射光線，瞬間真的以金線將敲心殿團團圍住。

『啊啊——』殿裡傳來淒厲的叫聲，『誰！什麼！』

季芮晨繞到小林身後看，他正打坐著唸唸有詞，女鬼們痛苦的扭動身子，李文皓恐懼的貼著牆動不了。

「李先生！出來！」季芮晨大聲喊著，「趁現在快點出來！」

周樹紘聞言，拔腿就跑了出來，但是被嚇得魂飛魄散的李文皓動作不俐落，走兩步就被爬行的黃怡綸抓住腳踝，被勒死的葉思涵立即擋住去向。但小林的道具也不是省油的燈，讓女鬼痛苦得施不了力，所以李文皓還是輕易的掙開。

他往外逃，季芮晨興奮的伸長手迎前，她就知道，大家會沒事的——鏘！

剎那間，八卦鏡破裂的聲音傳來，鏡子像被炸掉一樣向四面噴射，金光頓時消失得無影無蹤，佛像、佛珠的光芒消逝，季芮晨衝上前要拉過李文皓，明明就已經要碰到他的手了……但是女鬼們更快。

她們扣住李文皓的肩頭，把他拖了進去。

「哇——」

「怎麼……」小林呆愣在原地，他沒遇過這樣的情況。

『讓我看看你有沒有良心！有沒有！』健全的女鬼一骨碌把李文皓壓上牆，腳板被敲碎的郭晏婷開始瘋狂的敲打李文皓的心窩，而黃怡綸則抓著他的褲子，一點一點的往上攀。

『你的心是什麼顏色的！我們在慘叫時你們在幹什麼！』

砰砰砰砰——敲心殿，有良心的人，聲音就會特別響亮，現下，李文皓心窩的聲音響得不得了，但再敲下去，只怕就不是這麼回事了。

「住手……」季芮晨衝了進去，恰好聽見骨頭折斷的啪嘰聲。

健全的女鬼回首瞪著她，血紅的雙眼彷彿在警告她不該插手，黃怡綸使勁的一寸寸往上攀到了李文皓的腰，此時的他已經吐出一大口鮮血，因為郭晏婷正瘋狂的重擊他的心窩，骨頭想必插進了肺裡……也因此，胸膛也很難能再發出什麼響亮的回音了。

葉思涵則幽幽取下頸上的繩子，往李文皓頸子上套。

『呵呵……哈哈哈哈……我就知道你是個沒良心的人！』郭晏婷仰天長嘯著，『有心有肝的話，怎麼會幹出這種事！』

李文皓猛烈震顫著身子，骨頭全數插進肺裡，他痛得哀鳴，卻敵不過女鬼瘋狂的敲擊；小林完全動彈不得，他望著被厲鬼包圍著的李文皓，從背脊涼到了腳底，僵直了身子。

『看著我……』黃怡綸終於攀到了李文皓的肩頭，仰著首喚著。『看著我的臉、看著我的身體，看著我因為你們的廢死主張變成什麼樣！』

小林也看清楚了。

那是很淒慘的折磨與虐待，被刀子與玻璃割開的皮膚、被石頭打爛的骨頭、被割下的乳房，還有無止境的暴行，她們生前都遭到了可怕的劫難，跟無法想像的痛楚。

『沒有良心的人，是沒有資格通過敲心殿的！』郭晏婷倏忽大笑，雙手猛然刺入了李文皓的心窩。

「啊啊啊——」

「不——」季芮晨摀住雙眼，小林下意識的將她摟進懷裡，不讓她目睹這一幕。

郭晏婷用指甲活生生撕開李文皓的胸腔，鮮紅的心臟在裡頭跳動著，他張大了嘴渴求一絲生存的希望，但女鬼直接把腐手伸進他的心臟下方，狠狠的一口氣拔了下來。

『你不配擁有心。』眾女鬼們忿忿的說著，抓著李文皓的心，晾在他的眼前。

然後，郭晏婷將心臟朝外拋了出去。

同一時間，葉思涵絞著他的頸子。

『喔喔喔喔——活人的心！』土地的亡靈突如其來的歡呼，讓季芮晨嚇得正首。

「別看！」小林把她的頭往外壓去，就是不讓她看見李文皓的死狀。

「快走！快點走！」季芮晨根本沒興趣看李文皓的死狀，她拽了小林就往外奔，衝著發傻的小朱她們大喊。「跑！快點跑——」

活人的心臟，這還不夠讓亡靈瘋狂嗎？

「什麼？什麼啦！」小朱嚇得尖叫，但是也只能打開手電筒跟著拔腿狂奔。

周樹紘完全呆傻，他雖站在殿外，卻還是看得見裡頭的狀況，不似小朱她們站得那麼遠，但還是許依婷拉著他一起狂奔，他才有所動作。沒見到大家跟逃命似的？就算不知道發生什麼事，也該知道這裡不能待了啊！

厲鬼們幽幽望著他們奔跑的背影，只是挑著一抹笑，緩緩的退進黑暗當中，李文皓就這麼貼著牆，被撕扯開的胸腔大量泉湧鮮血，他靠著牆緩緩滑下，他最後瞧見的，是天井的星空……

還有自己的心臟。

# 第十章

人在逃命時，腎上腺素發達，不管有多少艱難總是可以一一破除。

較之於進塔普倫寺時的亦步亦趨或是小心翼翼，現在一夥人根本健步如飛，只是在奔跑中順道大喊：有幾階階梯、過門要彎腰，就算真的絆倒了也沒人喊痛，只會馬上跳起來繼續往前衝。

因為不跑不行啊！

現在跟陰陽眼完全無關了，因為連小朱、念憶都瞧得一清二楚，從紅土地裡、板根樹根裡一一竄出了許多駭人的亡靈，那些全不是這個時代的人，衣衫襤褸不說，而且全部都是土裡來的，不是僅剩骨骸就是爛得不完全，其他若有人形的，身上也都是傷。

土裡、建築裡到處都是，他們長得不像電影裡的活屍，但是這樣已經夠嚇人了。一路上都是尖叫聲，小林發現護身符一點用都沒有，踏上土壤時，他們一樣可以從土裡竄出手來抓他們。

「你不是有帶什麼水的？」季芮晨緊張的問著，「丟一丟灑一灑啊！」

「我沒帶那麼多啊，剛剛用掉了。」他又不是道士，隨身帶那麼多幹什麼啦！

在中庭奔跑，這裡是李太太跟大兒子身故的地方，只是在黑暗當中，根本無暇去採照他們是否還在那邊。

就在小林要衝進第一重石廊裡時，門裡突然衝出來一個帶著大刀的亡靈，衝著小林咆哮怒吼：『有人逃走了！』

『誰都不許走！不許放過一人！』

『離開——』

「哇呀！」一行人嚇得驚聲尖叫，步步驚退，念憶還因此差點摔倒。

「他們說什麼？」小林只聽見一堆吼聲。

「誰都不許離開，一個人都不許走……這是戰爭！」季芮晨緊扣著小林往後，這是什麼狀況啊？

那些女鬼呢？把大家牽扯下來，好歹要有良心，不該讓他們遭到當地亡靈的傷害啊！

說時遲那時快，那龐大的亡靈已經一躍而出，高舉起刀子朝著小林直接砍下——季芮晨還沒經過腦子思考，居然轉了半圈向前，將小林一把往後推去。

「戰爭已經結束了！」她大聲吼著，以柬埔寨語。「你已經死了！」

「小晨——」小朱跟念憶齊聲尖叫，雙手掩面根本不敢看。

小林措手不及，往後撞上小朱二人，眼睜睜看著大刀往下劈砍，季芮晨居然還敢閉著眼睛使出空手奪白刃，簡直是匪夷所思的笨！

問題是，那大刀停了。

龐然巨物的亡靈震顫身體，腐手執握的刀子怎麼就是砍不下去，而沾滿塵土且鏽蝕的刀子居然開始黑化，一路向上蔓延至他那血褐色的手跟身子，急速的向上延伸，直到只剩一層薄皮的頭骨，遠方一陣鬼哭神號，狂風掃過，那亡靈居然跟著風瞬間迸散，成灰般被吹走了。

季芮晨事實上緊閉上雙眼，只覺得刀子怎麼遲遲沒下來，悄悄睜開一隻眼時，只有一陣錯愕。啥？

「走！」小林沒有遲疑，拉了她就衝進殿內。「妳走前面！」

「我？」季芮晨根本還在錯愕當中。

「妳真的是Lucky Girl，連亡靈都能鎮住，反正妳走前面就對了！」小林不怎麼憐香惜玉的推了她一把，「前面左轉！」

真的嗎？季芮晨在思忖，剛剛那個見人就劈的亡靈突然不見，真的是因為她？她是Lucky Girl，永遠不會出事！

「後面跟緊！」小林邊跑邊喊著，季芮晨抽空回首，這些意圖離開的死靈們，是想拉條命留下來代替他們而已。

李文皓的活人心臟喚醒了瘋狂，周樹紘夫妻跑得太慢，這樣下去從後面被拖走也是極有可能的事。

「停！」季芮晨戛然止步，小林差點煞車不及，念憶直接撞上他。

「妳做什麼？」這是能停下來的時候嗎？

「你走前面，我殿後才對，有事叫我。」季芮晨邊說，一邊繞著大家開始小跑步。「走開！全部走開！」

她揮舞著手電筒，往四周虎視眈眈的亡靈叫囂，不知道為什麼，他們還真露出畏懼之態，一時之間不敢躁進。

小林見狀，咬著牙立刻往前奔去，眼看著出口就快到了，只要再往前通過三個廟門，再跑過一段戶外空間，說不定大家都能夠平安的先抵達外頭；只是照這種情況看來，要他再進來找人，根本是不可能的事。

季芮晨簡直不敢相信自己的「幸運度」居然到這種程度，殿後的她萬分狐疑，膽大的趁機朝著亡靈衝去，結果亡靈們居然發出驚恐的哀鳴，瞬間退散，鑽回地裡或是逃進牆裡，消失得無影無蹤。

怎麼回事？她不可思議的望著自己的手，她怎麼有這麼大的威力？

幾乎不假思索，她隨即追上落後的周樹紘夫妻，逼他們貼近一點，現在只有六個人而已，她能顧得了大家周全。

不知道是不是真的生效了，六個人一路奔出塔普倫寺的範圍，眼看著遊覽車就在前方，居然沒有再遭受任何攻擊，鬼哭神號的叫聲仍舊不絕於耳，而亮著燈的遊覽車外，有著手電筒在拚命揮舞。

「這裡這裡！」來者雙臂交揮，還有另一個人影衝到門口，緊接著遊覽車傳來發動的聲音。

小林氣喘吁吁的奔近，揮舞著手電筒的居然是賴眉宇，張銘偉則在前門催促大家上車。

「快上車！快點！」

小朱跟念憶慌亂的先上車，周氏夫妻還在猶豫的回首，張銘偉氣急敗壞的拉他們上去，而小林跟季芮晨根本上氣不接下氣，不可思議的望著好端端的賴眉宇。

「你們……你們……」

「我們後來跑出來了。」賴眉宇攙過季芮晨往前門走，「是老林帶我們出來的。」

一走上階梯，季芮晨就看見駕駛座上的老林，臉色蒼白的望著他們。「只剩你們幾個？」

季芮晨茫然的點點頭，她快走不動了，好不容易被攙上車，連走回位子的氣力都沒有，就往第一排坐下。

「老林！」小林最後上車，見到老林簡直欣喜若狂。

老林沒時間跟他熱絡，立刻關上遊覽車門，急忙駛離。

「等等，還有別人呢？」小朱緊張的大喊，「鍾岱珈、鍾岱珈他們還沒上車！」

「不能等了，你們再慢五分鐘我們就要走了。」賴眉宇哭了出來，「剛剛那樹根你們沒有看見嗎？這裡好邪門，我們跟著老林往外跑後，一路上都聽見可怕的聲音，而且、而且……」

而且？念憶皺著眉望向泣不成聲的她，張銘偉即刻將她摟過。「而且我見到鬼了！塔普倫寺裡有好多鬼魂，他們站著或坐著，還有躺著不動的，可是眼神都盯著我們！」

小林喝了好幾口水後，拿過一瓶新的礦泉水扔給季芮晨，轉而向後。「你是敏感體質？」

「嗯，磁場不佳時會有感應。」張銘偉點點頭，看起來並不高興。

「可是……就這樣把他們扔在裡面嗎？」小朱淚如雨下，「裡面現在都是厲鬼，好可怕……還有幾個女生！對！那幾個女生！」

「女生？」賴眉宇聽不懂。

「那幾個被殘忍姦殺的女生啊。」念憶邊說，眼神邊瞪向坐在前頭的周樹紘。「他們剛剛好像殺了李先生……我們看不清楚，所以不知道發生什麼事。」

語畢，他們立刻回首看向站在走道上的小林。

「那不是重點，重點是現在大家還活著。」小林四兩撥千金，「還有我們接下來要怎麼辦。」

「那怎麼不是重點？」賴眉宇站了起來，「你們的意思是說——這些事情是他們引來的？」

「就是！」小朱邊抹著淚邊忿忿不平，「那幾個受害者都能從台灣跟過來了！」

「別說了。」小林低聲制止，「他們剛死了孩子，正難受。」

「笑話！我們跟著命在旦夕耶！」賴眉宇揚聲吼了起來，「誰知道下一個出事的會不會是我們！」

「好了！」季芮晨厲聲喊了出來，喝過水的她已經好很多了。「大家都先別吵了，吵這些無濟於事。」

她轉過身，看著周樹紘渾身都是忿怒與恨意，許依婷哭得肝腸寸斷，只能搖搖頭，逕自往前走去。

「我知道大家現在都很害怕也很難過，可是爭執這些沒有用。」她嘆了口氣，「現在半夜一點，離天亮還有很長的時間，難保不會再發生什麼事。」

「還會再發生？」小林倒抽了一口氣，「妳根據什麼？」

「沒有根據什麼……」季芮晨走到小林身邊，壓低了聲音。「周樹紘還在這裡，你是那些女生的話，罷不罷手？」

小林哽住呼吸，幾秒後痛苦的嘆息，怎麼可能會罷手？

「所以……剛剛到底發生什麼事？」賴眉宇絞著雙手，被車子一顛差點摔倒，張銘偉緊張的把她扶坐下來。

小林瞥了一眼季芮晨，讓她說，他得到前面找老林商量去。

「我？」她皺著眉，她最不愛說這些了啦！

「我得去處理事情。」小林邊說，一邊拿起手機，往前方步去。

四雙眼睛開始眨巴眨巴的望著她，個個臉色蒼白卻又好奇的想知道究竟出了什麼事，季芮晨只好把自己所見的部分提一次，但是避重就輕，例如死亡的狀態，還有李文皓被活活刨出心臟的事。

不過她才說了周樹紘的兩個兒子死了，小朱就補充說周家楷被樹根包裹起來，活活被擠死，讓賴眉宇摀住嘴差點吐出來；季芮晨慶幸還好他們不知道周家育的死法。

不過鍾岱珈的事她沒提，總覺得說了不好。

可是，鍾岱珈那一對就這樣被留在塔普倫寺裡，她有種扔棄他們的罪惡感，不管鍾岱珈是否真的殺了周家育，就算是，也不代表他們有權決定她的生死。

「岱珈他們走散後就沒有再看見了嗎？」賴眉宇還在為團員擔心，「我打手機也沒有通。」

季芮晨搖了搖頭，「只有遇到小朱她們，她們乖乖的在定點等待。」當然，阿丹的事她也隻字不提。

「我們本來也是想說如果等不到要怎麼辦，那邊好可怕！」小朱哽咽的說，一臉心有餘悸。「才在討論是不是要走回來，小林他們就出現了。」

「我們還好是跟著老林，所以最後才能跑出來。」張銘偉嘆口氣，那逃難的過程不堪回首。「結果你們跟阿丹他們也分散了？」

提到朋友，小朱跟念憶就咬著唇，嗚咽起來。

「現在該怎麼辦？」賴眉宇看向季芮晨，「我可不想再幫誰找人了，我現在只想回旅館去，也不想旅遊了，我想回家！」

她抽抽噎噎的說著，張銘偉趕緊輕聲安慰，季芮晨覺得虛脫，她回到自己的位子上，身體很累，腦子裡卻在想著鍾岱珈的事、想著剛剛她可以擋下亡靈的事。

她一直都會逢凶化吉，可是亡靈無法傷她？這件事就真的太扯了！

如果是這樣，那萬一再出事，她是否能以一擋百？

「沒效！我騙你幹嘛？八卦鏡直接破掉……我是說炸開喔，不是裂開而已！」前頭的小林突然激動起來，他正在講電話，手裡還拿著撿回來的小佛像。「佛像裂了，金身還變黑……我怎麼知道該怎麼辦！什麼？該帶的都帶了啊，嗯……嗄？」

就見他又氣又急的說著話，不時搔搔頭，季芮晨想應該是跟朋友聊天，正在詢問他帶來的避邪道具沒用……真的是毫無用武之地，那佛像放在她房間時超級靈驗，但是剛剛在塔普倫寺裡，卻根本不敵陰邪之氣。

超鳥的！她雙手互絞，才發現指尖都泛著冰冷，甚至微微顫抖……跟鬼魂亡靈相處了這麼久，卻從來沒有被攻擊過，所以她不知道這種恐懼為何，今天第一次遇上，終究嚇出一身冷汗。

心裡難掩怨懟，那些陪她長大的亡靈為什麼全部都不出聲了？

車子在黑夜裡急駛，小林說完電話後就跟老林低語，前頭不時傳來低泣聲，是許依婷在哭，季芮晨只覺得好累，難得有片刻的寧靜……可是腦海中不知道為什麼一直浮現出死靈那幽幽的話語：『還沒完呢！還沒完呢！』

車子忽然停了下來，闔眼休憩的季芮晨睜開雙眼，納悶的往外瞧，卻沒有看見旅館。

「下車吧。」老林打開前後門。

「等等。」小林往外探了探，外頭根本伸手不見五指。「這是哪裡？」

「巴戎寺附近啊！」老林一臉理所當然。

「為什麼到這裡？我們不是應該回旅館嗎？」張銘偉疾聲問著。

「現在什麼時候了，回旅館？巴戎寺又稱高棉微笑，是吳哥最著名的景點，裡面有兩百多張佛像的臉，有比這裡更安全的地方嗎？」老林振振有詞，開了駕駛座直接下車。

車上所有人免不了驚愕，但想到老林曾經在這邊住過一段時間，他若不熟吳哥窟，還有誰熟。

一瞬間大家都動了起來，紛紛跟著下車，唯有季芮晨滿腹狐疑，剛剛小林拿出的東西都沒有用了，兩百多張佛像臉就會比較威嗎？她不是不希望大家安全，只是覺得怨靈很厲，不想清楚對付方法，會不會造成更大的傷亡？

她遲疑的站起，發現車頭的小林也用相同困惑的眼神望著她。

「真的假的？」她無力的說著。

「我不知道，但是老林在這邊生活過，他應該有他的道理。」小林頭一撇，「下車吧。」

他說著，拍了拍椅背，周樹紘夫妻還沒動作。

「不必了，我待在這裡就好。」周樹紘粗聲粗氣的回著，「如果她們要來找我，就來吧。」

「樹紘……」許依婷淒絕的喚著。

「周先生，別意氣用事，你還有老婆……」小林頓了一頓，「甚至還有個小女兒生死未卜不是嗎？」

周樹紘愣了一下，抬首看向小林，是啊，他還有個失蹤的女兒，再看向眼前憔悴的妻子，也有老婆要顧著。

最終大家都下了車，小朱那邊三女一男下意識的擠在一起，老林換了超大支手電筒，吆喝大家集合。

「老林，這邊比較靈嗎？」小林湊了過去，「就是神明比較靈驗。」

「是啊，有事往這邊躲就對了。這麼多神佛，一定能保護我們。」老林喃喃說著，一邊往前走。「跟著我走，小心一點，地上很多石頭。」

每個人都打開自己的手電筒，女孩子們手勾著手，賴眉宇跟張銘偉緊緊相偎，周樹紘夫妻也是相互扶持，季芮晨瞥了一眼在身邊的小林，他們兩個人殿後，還是盡量肩並著肩走在一起。

「老林，你說說話啊！」念憶不安的環顧四周，「好靜好可怕。」

「說什麼？」老林無奈，「那我來、我來簡介這兒好了。」

「好好，說什麼都好。」賴眉宇說的每個字都在抖，現在大家每踏出一步都膽顫心驚，想起剛剛在塔普倫寺的一切，誰知道這裡還會有什麼？

「巴戎寺位在整個吳哥城的正中央，之前提過，吳哥深受印度教影響，所以建築觀是神山塔林，怎麼樣都有五座塔，中間最高象徵須彌山。」老林邊說，邊指向在深藍夜空中的遠景，的確可以看見五座塔般的黑影。「寺外有座善惡橋，一樣是蛇神那伽與惡魔戰鬥的故事，大門照樣刻有四面佛，整座巴戎寺其實是層層疊疊的石塔林，每座塔上都刻有微笑的佛像，一共有五十四座塔，總共有兩百多張微笑的臉。」

老林自顧自的說著，大家也聽在耳裡，腳步緩慢紛沓，只是小林不時的用手電筒照射附近，讓季芮晨覺得很不安。

「你不要一直照，這樣揮來揮去，萬一照到什麼很嚇人耶！」她低聲說著，扯扯他的衣服。

「不是……老林剛剛不是說有善惡橋嗎？」小林困惑的說，「可是我們走了這麼久，還是沒看到什麼橋啊。」

咦？季芮晨愣了一下，對啊，如果會經過橋，他們應該看得見，可是現在走的是石板地，轉眼間又變沙土地了，附近樹林越來越茂密，而且詭異的足音越來越逼近……

「是那個嗎？」季芮晨也開始探照，照到的是遠遠的一座橋墩挑高的橋。

小林跟著看過去，「不像啊，我看過介紹，善惡橋上面都是雕像，一邊是善人一邊是惡人。」而季芮晨所指的那座橋，根本沒有什麼雕像。

「大家跟緊啊！」老林在最前面說話，轉個彎，四周越來越暗了。

密林處處，季芮晨注意到身邊不到一公尺距離就有樹，連忙用手電筒慌亂的在原地轉一圈，接著緊張的扯住小林的衣服，要他仔細看看四周。大家都只顧著拿手電筒照地上，怕被石子石階絆到，怎麼沒有人注意到他們走到哪裡了？

就算沒來過她也做過功課，巴戎寺是浩大的工程，應該如塔普倫寺一樣，至少寺的主體都是巨石，而且照舊會到處是台階、矮門等等，加上是石塔林，所以要是往上攀爬，還會有兩百多張的微笑佛臉浮雕，在巨石上等著他們才對。

可是現在四周只有樹林、一條兩人寬的石板路，巴戎寺呢？一層樓高的浮雕佛像臉呢？光源照了半天，連石塔林都沒看見。

「等等！」小林忍不住高聲喊了，「老林，你是不是走錯路了？」

「咦？」大家紛紛停了下來，回首看向小林。「走錯路？」

老林沒答腔，只是繼續往前走，搞得大家不上不下，半推半就的緩步向前。

「老林？你等一下！」賴眉宇大聲的嚷著。

小林嘖了一聲，直接邁開步伐越過大家向前跑，奔到老林身邊一把扳住他的肩頭。「老林，你等等，我們離巴戎寺越來越遠了。」

老林終於停下，回頭瞥了他一眼。「我知道，我不是要去巴戎寺。」

「什麼？」陸續向前的眾人一陣錯愕。

「那邊高高低低的，進去不是平添危險？巴戎寺附近原本就很多景點，都是古時的廟宇、皇宮，甚至是法院。」他平穩得異常，季芮晨注意到老林甚至面無表情。「最平坦又最安全的地方是這裡。」

他手一抬，刺眼的燈光直射小林的雙眸，小林閉眼閃躲，燈光落在他的身後。

賴眉宇跟著往前照去，訝異的注意到樹林中有一座建築物。

「那是……」她順著仰起頭，「哇，好高喔！」

「這只是中間一棟，如果是白天，你們就可以看見前後都有這樣的一座塔，總共有十二座。」老林往高塔走去，似乎在尋找什麼。

大家不約而同的仰頭注視所謂的塔，跟這些天所看到的「塔林」是不同的，吳哥窟的古蹟都是用石塊一塊一塊堆出一大片建築，必建五座塔，那是遠觀，而且是在一定的基礎上才往上蓋出五座塔。

而現在這座塔就像燈塔一樣，非常非常的高。

「找到了！」老林手動著，大家都聽見鐵器的敲擊聲。「小林，過來幫我！」

小林聞言上前，赫然發現老林找到的是扇門，他正努力的要把門拉開。小林出力，其他人則認真的照明，林間傳來像是野獸的叫聲，讓所有人益顯不安。

「這是十二生肖塔吧？」小朱戰戰兢兢的問，「十二座，然後就在上頭表演走鋼索。」

「對。」老小二林好不容易把門拉開，裡頭竄出一種古老的味道。「來吧！」

「來？」賴眉宇倒抽一口氣，「要我們進去？」

「這裡四周都有保護，進去當然最安全。」老林說得急切，「難道你們想在外面遊蕩到天亮嗎？這裡有最佳的保護，前有法院、旁有皇宮，還有巴戎寺，根本百鬼不侵。」

「真的假的？」念憶好不安心的問。

老林招招手，催促大家快點，最靠近塔的賴眉宇把手電筒開到最大，不知道為什麼要她走進這封閉式的地方，比在外面逃命還要讓她心驚膽顫。

「我還是不要好了。」賴眉宇在要踏進去前深吸了一口氣，「我不想被關在封閉的地方。」

「這才能保護妳啊！」老林嚴肅的望著她，「妳要相信我啊！」

季芮晨緊握著手電筒，把心一橫。「我不相信！」

咦？所有人不約而同的看向季芮晨，小林也一步上前。「我也不相信！老林，我聽過的十二生肖塔沒有護身的作用，除了高空鋼索表演外，應該是用作審判、定讞罪人的，如果進入後能毫髮無傷的出來，表示天審無罪，如果死在裡頭就表示天審有罪啊！」

老林瞥了小林一眼，突然上前一把拽住賴眉宇，直接粗暴的將她甩進塔裡。

「眉宇！」張銘偉見狀撲上前，老林順勢再把他踢進去。

小林早在第一時間拉了季芮晨往後退，小朱她們更是跑得飛快，周樹紘原本就在遠處，老林搆不著。被扔進去的賴眉宇跌在地上，張銘偉踉蹌數步慌張的欲衝出，卻見老林一把將門關上，不知哪兒來的鎖頭在他手上，喀嚓一聲鎖了上去。

「老林！」小林不可思議，驚吼連連。

「懺悔吧，就待在裡面懺悔！」老林使勁敲著門，回應裡頭的歇斯底里。「把你的良心交給神，如果有罪，你們就會死在裡面！」

「開什麼玩笑！關在裡面有沒有空氣是一回事，不給吃不給喝，你打算關他們多少天？」小林衝向了老林，「這不死也半條命！」

「放心，就只有今夜。」老林彷彿變了個人似的，臉色凶狠異常，手上曾幾何時緊握了把刀。「法院就在正前方，該受審判的一個也逃不掉。」

他的視線，專注的落在周樹紘身上。

季芮晨緊緊握著雙拳，不會吧……老林跟周樹紘也有過節？該不會又是那幾個受害者的誰誰誰吧？

『天審……就要開始了……』幽幽悲泣的聲音，隨著風飄了過來。

「咦？」念憶她們仰起頭，嚇得全身發抖。「那是、那是什麼聲音？」

連她們都聽見了？季芮晨感受到林間的風瞬間變得冰冷，氛圍完全不對勁，沙沙的聲音帶著拖曳聲，一片一片的樹葉被壓過，從四面八方而來。

『在法院裡，你可以振振有詞……周樹紘……』女孩子們的聲音再度重疊出現，『在這裡，你就再辯啊！』

「啊啊啊！」許依婷驚恐的叫了起來，緊抱著丈夫不放。

「你談人權，我就跟你談人權！」老林也低吼起來，「我談的是我女兒的人權！」

哇咧！季芮晨差點沒跳起來，果然有關！這世界會不會太小啊！扯這個字怎麼寫啦！

「你女兒？」周樹紘也愣住了，「哪個是你女兒？」

他從來沒見過老林啊！

「黃怡綸，她是我的親生女兒，雖然我老婆改嫁了，但是她到死都是我的寶貝！」老林餘音未落，驀地就衝向了周樹紘。

「哇呀！」離最遠的小朱她們叫最大聲，拔腿就跑。

小林跟季芮晨動也沒動，他們不是不想動，而是……誰來把抓住他們雙腳的東西拿開啊！

連用手電筒照都不敢，他們感覺得到，土裡竄出的手正扣著他們的腳踝，讓他們動彈不得。

「開門！開門啊！」一公尺遠的塔門裡傳來賴眉宇跟男友的敲門聲，「救命！這裡面好可怕！開門開門！」

怎麼開啊？季芮晨望著那鎖頭，老林安的鎖又大又堅固，沒鑰匙得用電鋸才鋸得開吧？

「呀——哇啊！樹紘！」許依婷的尖叫聲傳來，老林不知何時已經架住她往這邊拖行，一路拖過小林身邊。

「你放開她！莫名其妙，有事衝著我來！」周樹紘也發狂般的咆哮。

「衝著你？你說得容易！」老林掠過了季芮晨身邊，「你就是不知道什麼叫同理心，才敢在那邊高唱廢死廢死的，害死我女兒！」

同理心？季芮晨嚥了口口水，所以說，老林接下來打算要把許依婷殺了嗎？

「放手，我要他們跟我走。」老林對著土地說著，瞬間季芮晨感覺到手鬆開了——老林跟亡靈？

「老林……你在控制這些亡靈？」小林不可思議的嚷著，「你會這招？」

「我詛咒了自己，才能跟我女兒聯繫上。」老林用刀刃抵著許依婷的喉嚨往後退，「都跟上——小朱妳們也是，不然這條人命就算妳們的！」

嗚……躲在樹後的小朱跟念憶咬著唇走出來，囁嚅的想說什麼，卻不敢多語，只得低泣的跟上前；季芮晨跟小林當然得乖乖跟上，望著刀尖在別人喉口，誰都不想見血。

而且，這裡不該見血。

季芮晨剛剛想起來了，除了久遠的吳哥盛世曾有的屠殺外，「紅色高棉」才是最不可或忘的。西元一九七五年開始，共產主義的波布在位將近三年九個月，這段時間柬埔寨有八百萬人，而他就屠殺了三百萬人民，多少人只是出門買個菜，或是外出探親，就從此人間蒸發。

三百萬人的血染紅了國家，白骨成山，所以人稱「紅色高棉」。

這四個字，用血寫在她的鏡子上，她怎麼忘了？

除了吳哥王朝的戰爭逼得人民把王宮扔棄在叢林裡五百年外，更要小心的是這三百萬條人命，仇恨或是怨氣，都充斥在整個柬埔寨啊！

「小林，把門打開！」到了下一座塔，老林喝令小林做事。

他不甘願還是得做，打開門並不費力，而且小林的力氣頗大，輕易就開啟。門打開後，老林喚著的是小朱她們。

「進去！快點！」他吆喝著，兩個女生哭喪著臉掙扎，最後居然是周樹紘拽住小朱往裡拖。

「拜託妳進去，我太太在他手上！」

「呀！我不要！」小朱死命抵抗，念憶由後抱住她。「那、那是你太太，為什麼我們要被牽連？」

「進去！」周樹紘發了狂似的拉住念憶的衣服，直接往門裡扔，失去支撐的小朱往前一撲，也被順勢往裡推。

季芮晨則是還摸不清楚怎麼回事，居然也被一把推了進去。在她身後的是小林，他直接撞上她，兩個人狼狽的摔上地板，仆街模式。

最後，被推進來的是許依婷跟周樹紘，在門關上前，每個人都還在驚愕狀態下。

門砰的關上，塔內有手電筒不至於一片漆黑，沒有人尖叫、沒有人哭號，但是氣氛卻詭異反常。

「他為什麼……連你們都推進來了？」小林率先提出疑問，看著趴在泥地上的周樹紘夫妻。「我以為他要對付你們。」

「活該！自私的混帳，居然推我們進來！」小朱忿忿的說著。

「的確怪異……」季芮晨緊張的看著這封閉的塔，「該不會這裡面……」

「別說了！」念憶摀住雙耳，嗚咽的說著。

塔裡很暗，如果關了燈，幾乎伸手不見五指，裡面都是灰塵泥土，材料自然是石頭，將光往石頭上照，就會看見怵目驚心的東西。

有指甲鑲在石縫裡、有瘋狂的抓痕，更別說裡面還瀰漫著一股詭異的味道，令人作嘔至極，想到曾經有多少人在這裡活活餓死，或是被什麼毒蛇咬死，每個人都毛了起來。

「厲鬼呢？」小林光明正大的問，讓大家都嚇了一跳。

「橫豎會來的，周先生在這裡。」季芮晨沒聽見動靜，只有哭聲。

久遠的，待在這黑暗塔內等死的哭泣悲鳴，很虛弱、很絕望。

「懺悔有用嗎？」念憶突然說了，「只要在這裡懺悔自己的罪，就會沒事嗎？」

「會不會老林是這個用意？要周先生認錯？」小朱也提出了附議，「所以刻意把他關進來，他剛剛不是說了嗎？法院在前，可以認罪的。」

她們用期待的眼神望向周樹紘，但是他卻搖頭，拚了命的搖著。

「我哪裡有錯！我是為了幫他爭取生存權，我何錯之有？」他怒不可遏的吼著，「他只是犯了錯，人哪能不犯錯，犯錯了就該給他自新的機會！」

「有人死了耶！」念憶失聲喊了出來。

「人會犯錯啊，他說不定是一時衝動，不是每個人都能掌控情緒的，況且他精神也的確有問題，沒有人治療他、關心他，是這個社會的錯！」

「……這是什麼狗屁理論啊！他殺了人犯了錯，是社會共業？」小朱也跳了起來，「所以說你犯了錯，受害者化成厲鬼要殺你，把我們拖下水也是應該的嗎？」

「我沒這麼說。」周樹紘冷然的別過頭，「這是命，誰叫你們要跟我同一團。」

「周樹紘！」小朱拔高了音尖吼著，「你就是這麼沒良心，才會對受害者這麼冷血！」

「我沒有！她們的死也讓我很難過。」

「難過？就只是難過而已？」念憶不可思議的張大嘴，「周樹紘，她們是因為你們極力保護那個兇手才死的！」

「放他出去的又不是我，我只是阻止死刑，沒有要求特赦跟假釋。」他緊握飽拳用一句話把責任撇得一乾二淨，「我只是想要給他更生的機會，我不是因為他未來會繼續殺人而保護他的。」

「但是你的作為導致後面的結果啊，這是不可否認的！」小朱越吵越激動，「你不能確定兇手會變好，但是你也不能確定他會變得更狠毒啊，你是拿兩條人命去賭耶！」

「為什麼不拿自己家人的命去賭？」念憶緊接著吼了起來，「我就是看你們這些倡導廢死的不順眼，如果今天慘死的是你的妻子、你的孩子，被剁掉腳、被敲碎骨頭，強暴凌虐到死亡為止，你還會說『只要他有悔意，他就有重新做人的機會』嗎？」

不要再吵了！季芮晨緊張得唇都泛白了，這樣的爭執、忿怒與仇恨，只是引起更大的共鳴而已——『嗚嗚……嗚嗚……』

來了！季芮晨仰起頭，這塔裡是圓形的，剛剛的爭吵都產生大量的回音，也包括這悲哀的嗚叫聲。

『好痛！我真的好痛啊啊！』女孩的聲音冒了出來，頸上繫著繩子。『你根本不能想像，我死前遇到的事情！』

滿是抓痕的斑駁石牆上，倏地浮出一張人臉，葉思涵在尖叫聲中鑽了進來。

『你懂什麼？你究竟懂什麼！』郭晏婷也現身，她吃力的用碎掉的傷口充當腳，一拐一拐的走著，季芮晨望著她的每一步，都是骨血與肉塊撐著地面，叫人於心何忍。『你高唱人道主義，那我們呢？我們的人權呢！』

周樹紘恐懼的抱緊妻子，第一次如此清晰的望著這些厲鬼。

『因為死人……是沒有人權的對吧？』從門口噗溜爬進的是黃怡綸，『永遠在乎活著的人，死掉的我們是不需要理會的……』

「哇啊！啊啊……」靠近門口的許依婷嚇得魂飛魄散，緊張的縮起腳往裡面去。

『我們一直想，該怎麼讓你明白我們的痛呢？』第四個女人，不知何時出現在季芮晨身後，嚇得她跳了起來。

周樹紘也驚恐的轉過身子，第四個女人是那位面貌最清楚、幾乎毫髮無傷的一位……但是跟其他女孩不同，年紀似乎稍長。

之前小林跟季芮晨就覺得她很詭異，按照兇手的模式，她不太符合，是多出來的死靈。

「妳──不可能！」周樹紘認出了對方，「妳怎麼可能會在這裡！妳沒死！妳明明沒死啊！」

『我死了。』女人站了起來，她行動自如，小林連忙拖著季芮晨往小朱所在的角落縮過去。『已經死透了。』

「十五年前妳活下來了，吳湘鎂！」周樹紘暴吼著，「他根本沒有殺死妳！」

──咦？──季芮晨跟小林面面相覷，十五年前那個受害者？

『是，他當年就是沒有殺了我，所以廢死組織才能千方百計的阻止他被判死刑，然後……』吳湘鎂幽幽看向其他三個體無完膚的女鬼，『讓這三個年輕女孩在地獄中死去。』

「他沒殺妳……他當年真的沒殺妳……」

『對，但是我知道他手段兇殘，根本是個冷血的殺人魔。』吳湘鎂笑著，『所以當郭晏婷的屍體出現時，我就自殺了。』

「自殺？」季芮晨倒抽一口氣，下意識吐出兩個字

吳湘鎂轉向了她，居然微微一笑。『兇手的出獄讓我幾乎瘋狂，我知道他會來找我……遲早的事，當警方發現新的屍體時，我就知道……那種地獄我絕對不要再經歷一次。』

「所以……妳自殺，為了不讓他找到妳、有機會虐殺妳？」小林語調裡帶著悲傷，「可是他不一定會再去找妳，但妳自殺了，妳就、妳就——」

『我就得受地獄之苦，我知道。』吳湘鎂冷笑起來，『但是值得！早知道懷怨自殺能化為厲鬼，我早就這麼做了，只有厲鬼，才有復仇的力量。』

「冤有頭債有主，你要找的是那個兇手！」周樹紘嘶喊著，「為什麼都來找我？」

小林緊皺眉心，幾乎忍無可忍。「這還要問嗎？不管你怎麼推卸責任，那個兇手就是因為你才免於死刑的！」

「我說過，我只是要救一個人而已，我只是要給一個人重生的機會而已。」

『是嗎？』女鬼們冷冷的望著周樹紘，嘴角鑲著笑，但是誰也沒有撲上去將周樹紘

肢解，或是挖出他的心。

季芮晨沒有跟這麼多鬼「共處一室」過，還連逃的地方都沒有，她全身發抖，氣氛現在降至冰點，沒人說話、沒有鬼行動，反而讓人恐懼到極點。

回身往身邊的小朱探去，她們正在喝水，她了解，因為她也緊張到口乾舌燥了。伸手借水，小朱立刻遞給她。

季芮晨接過立刻隔空倒入喉裡，結果入喉的居然是腐爛的腥臭味，逼得她一大口全都吐了出來。

「嘔——」好噁心！季芮晨連胃酸都吐出來了。那不只是壞掉的水，裡面還有著腐屍的味道，她當然聞過，她跟鬼一起長大耶！「嘔嘔——」

「小晨？」小林趕緊拍著她的背，「妳怎麼了？」

他緊張的問著，視線移到掉落的水壺上，水壺裡的水流了一地，即使流在土裡，這下頭還是石板地，依然可以看出那是紅色的水。

「那是什麼？」季芮晨嚇得發狂，「血……腐臭的血！」

小朱望著她，突然揚起了微笑。

# 第十一章

塔內光源忽然改變，小林驚覺到自己腳邊的手電筒居然冷不防的被拿走時，小朱也探身一把拿走了季芮晨的手電筒。

「那是我妹妹的血，我從屍體裡取出來的，還有碎肉末在裡面。」小朱站起身，「她是最後一個受害者。」

地上爬行的黃怡綸，淚如雨下。

「小朱的妹妹，是我最要好的同學、朋友，也是這一生最愛的人。」念憶也搖晃著手上的水壺，「我也喝著她的血與肉。」

什麼！季芮晨掩嘴又是一陣乾嘔，一路上她看見水瓶裡鐵褐色的液體，都是──血？這麼說來，老林是小朱的父親嗎？小林簡直不敢相信，如果老林也是一夥的，那的確大家要進入同一團太容易了。

「你們跟鍾岱珈、阿丹他們是一夥的？」剛剛阿丹還說跟小朱無關……不，她沒說謊，因為阿丹是葉思涵的親人，的確跟小朱無關啊！

「每個人都有親人，每個人都有摯愛的人，怎麼能夠接受她們慘死的事實？」小朱步步往前，厲鬼緩步退開。「更不能接受她們的慘死，來自這些不相關的人！」

念憶掠過小林的身邊，身上竟散發著腐臭味。

「妳們、妳們生飲死人血屍肉，是進行了什麼邪術嗎？」小林緊張的大喊著，「千萬不要，妳們走的是不歸路啊！」

小朱跟念憶，那兩張俏麗的臉龐不約而同的轉過來，手電筒就映在下巴的地方，讓她們的微笑看起來有些猙獰。

「我們就是要走不歸路啊……」她們異口同聲，「反正犯了錯，廢死組織會支持我們的不是嗎？」

周樹紘不可思議的望著這兩個女孩，居然、居然也是黃怡綸的親友？這怎麼可能！為什麼全部都是——

「你們為什麼會兜在一起？所有的受害者家屬怎麼會剛好都在這一團？」周樹紘狂亂的問著，「你們難道是設計好的？」

啪，兩個女孩同時關上手電筒的電源，塔裡只剩下周樹紘夫妻手上的燈光，把每個人的影子拉得好長好長，映在塔的內側。

「這就是命吧。」念憶笑了起來，「誰叫你要跟我們同一團。」

「周先生，你喜歡周太太怎麼死呢？」

咦——小朱伸手打掉周樹紘手上的手電筒，同一時間念憶衝上前拉開許依婷，小林跳起來要衝過去幫忙，無形的力量卻倏地把他往地上壓制。

『不關你的事。』吳湘鎂沉穩的聲音傳來，『我們不想把你們扯進去。』

「你們這樣殺戮，這土地上的三百萬亡靈會驚醒的。」季芮晨難受得全身顫抖。天吶，她在發冷，她好不舒服！

『妳不必怕。』冰冷的手劃過她的臉頰，『妳是站在我們這邊的……』

「我沒有……嗚……」季芮晨禁不住的發抖，「好冷……為什麼這樣冷……」因為她喝了屍血嗎？好噁心！好噁心！好噁心！

吳湘鎂鬆了手，小林得以起身往旁邊探視，他一把撈過季芮晨，她完全失去神智，喃喃不停。

「別慌、別慌……」小林的口吻才慌到天邊去了，他抓起頸上的佛珠套到季芮晨脖子上，開始背起咒文來。

這麼黑，連拿小抄都有困難，萬一背錯怎麼辦！

同一個空間裡，殺戮正在展開，但小林沒有辦法介入。他可以感受得到厲鬼就圍在他身邊，她們根本不需要出手，因為有人會動手。

他只看見念憶拿著刀子刺進許依婷掌心後，就不忍心再看下去了，他必須專心背誦淨衣咒，希望能化解季芮晨中的屍毒邪術。

不能理會耳邊淒厲的慘叫聲。

「他就是這樣打碎女孩們的手掌的。」念憶跨坐在許依婷身上，從包包裡拿出在古蹟中撿來的石頭，小朱則壓住許依婷的手，對準她的掌心狠狠的砸了下去。

「哇呀——」許依婷淒絕的叫著，「好痛！哇——」

周樹紘無法拯救自己的老婆，因為他全身無法動彈，有「人」正緊緊箍著他。

他只能眼睜睜看著石子敲碎妻子的手掌，接下來是腳掌，骨頭敲碎的聲音令人不忍，但是他卻什麼都不能做。

「住手！妳們住手！」周樹紘能做的只有瘋狂的大吼。

而季芮晨朦朧的眼裡，可以看見有兩個女鬼彷彿附在小朱她們身上，同步進行著忿怒瘋狂的殺戮。

「然後是切割皮膚。」小朱拿出刀子，那是她們在吳哥超市買齊的道具。「一刀一刀的切進肌膚裡……」

「呀呀——哇——殺了我！殺了我好了！」許依婷淒厲喊著，「不要這樣折磨我！哇啊——呀——」

一人壓制，一人動刑，兩個女孩一邊哭著，一邊仿效親人的死法，在許依婷身上製造傷害，尖叫聲越來越小，但是周樹紘的怒吼聲卻越來越大，他哭著、喊著，歇斯底里的咆哮著，卻無法挽救摯愛的妻子。

「強暴這種事我們做不來，請把你看到的慘狀與忿怒乘上十倍、二十倍，就是我妹妹遇到的狀況。」小朱滿臉是血的轉向周樹紘，由上而下睥睨著。「接下來是……絞死她。」

「住手、住手！妳們這樣折磨她還不夠嗎！」周樹紘雙眼布滿血絲，這兩個女生怎麼能這麼殘忍！

「大家都有喊過住手。」念憶從包包裡拿出繩子，「不過，你聽不到她們的求救聲。」繩子拋過塔裡的橫梁，另一端套住了奄奄一息的許依婷。

兩個女生合力拖拉著繩子，許依婷就在地上被拖行，然後漸而往上。她虛弱的望向周樹紘，臉被切劃得面目全非，此時此刻，卻突然泛起笑容。

「真的……很痛……」淚水滑了下來，鹹淚流入切割傷口，只是更加痛苦而已。「樹紘，我不敢想像她們遭遇得更多……」

「依婷！」周樹紘哭吼著，卻連想去觸摸妻子都不可能。

「終於要結束了……」她笑了起來，「死了……就解脫了……」

背對著許依婷的兩個女孩深吸了一口氣，使勁一拉，嬌弱的身體瞬間被拉起，離地在半空中晃動。

鮮血不停的往下滴落，滴答滴答的流了一地，許依婷只有掙扎幾下，很快就斷了氣。

小朱緊閉雙眼，哭得泣不成聲，念憶鬆開手，許依婷的屍體咚的掉到地上，兩個女生癱軟的跪坐在地板上，望著自己沾滿血腥的手。

「嗚……嗚嗚……」小朱嗚呼不已，「妹妹、妹妹——」

周樹紘望著妻子的屍體，狂亂的眼神反映了瘋狂的心，儘管淚水模糊了視線，他還是忿恨的看向右手邊兩個女孩的背影。

「我殺了妳們！我一定要殺了妳們！」

「有感覺了嗎？」念憶怒氣攻心的跳了起來，「看著你的親人慘死，你才會有感覺嗎？那你知道我們的感受了吧，知道沒！」

「我要殺了妳們！我一定會！」周樹紘失去理智的狂吼著，如果能動，他現在就想搶過地上的刀，衝上去捅她們千百刀。

「我等著。」念憶睨著他，朝外面喊。「老林！」

門應聲開了。

原來門根本沒有鎖，老林一直站在門外，聽著裡頭不絕於耳的慘叫，與慘絕人寰的屠殺。

念憶跟小朱彎身拾起刀子跟石頭，步履蹣跚的往外走去，然後又回首瞥了跪在地上動彈不得的周樹紘一眼。

「我們會去自首，我們會承認我們殺了你太太，然後我們會充滿悔意的道歉。」小朱哽咽的吸了吸鼻子，「希望你到時還能中肯的提倡你的廢死主張。」

「真的很抱歉。」念憶當著他的面，九十度鞠躬道歉。

兩個渾身是血的女生步了出去，老林冷冷的望著周樹紘。

「你看起來充滿忿怒與恨意啊……」老林微微笑著，「但是還沒完呢。」

還沒完？周樹紘瞪大了雙眼，怒火中燒。「要殺我為什麼不早點動手？為什麼要傷害我家人？」

「沒有人要對你動手。」老林緩步退去，「你還有一個女兒，對吧？」

※　※　※

「小晨！小晨！季芮晨！」

季芮晨覺得天搖地動，一時還以為地牛翻身，倏地跳開眼皮，映入眼簾的卻是一張帥氣的陽光臉龐，眉宇卻鎖著擔憂。

「妳醒醒！火速清醒！」小林不客氣的打著她臉頰。

「……喂！會痛耶！」季芮晨甩甩頭，想要坐直身子，胃裡卻又翻起噁心，打了個寒顫。「唔……」

「還是不舒服嗎？妳暈過去了。」小林邊說邊拉著她站起來，「但是沒時間讓妳不舒服，我們得快走。」

「我……」她全身都在哆嗦，冷到發抖，而且極度的不舒服。「我喝了屍體的血……」

「現在不是想這個的時候了，快點，周樹紘衝出去了！」

「衝……」季芮晨迷迷糊糊的被拉起身，根本連站都站不穩，意識到自己還在塔裡，不過現下塔門是敞開著的，而小林手上的光源映照在地上……

地上，有一具鮮血淋漓的屍體。

「那是誰？」她邊嚷著，邊被小林拖著走。

「周太太。」小林說得語重心長，「小朱跟念憶聯手用兇手殺人的方式殺了她。」

「什麼！」季芮晨倒抽一口氣，「她們殺了周太太？」

「對，除了凌辱的部分外都做了，敲碎手掌腳掌、割劃皮膚跟臉，最後絞死……讓周樹紘親眼看著，為了讓他了解失去親人的痛苦。」

他們奔出塔外，在老林放話之後幾分鐘，周樹紘才恢復自由之身，他連抱著妻子屍身哭泣的時間都沒有，伴隨著吼叫衝了出去。

「怎麼會這麼剛好？老林的女兒、小朱的妹妹、念憶的愛人，鍾岱珈他們也是……都是受害者的親人？」季芮晨連站都站不穩，得靠小林攙著。

「你知道老林是被指定的領隊嗎？」小林凝重的望向她，「周樹紘跟李文皓兩家人是一起報名的，他們說是透過介紹，有人跟他們大力推薦吳哥窟行程，而且還指定老林當領隊。」

「指定領隊……」

「他們兩家就九個人了，老林當時欣然接受……如果這是設計好的，那麼剩下八個人只要團報就可以了，十五個人就能出團。」這對領隊的老林來說，根本輕而易舉，只要周樹紘上鉤了，其他人一起報就行了。

「可是我……」季芮晨才想要說她也報了這團，才赫然想到——自己是插上的。「所以那個業務說幫我安插……是因為團滿了嗎？」

「可能，老林可能說滿團了，但業務硬插進去……畢竟未達二十人，老林沒有理由堅持。」小林跑了幾步停了下來，「該死，這裡這麼黑又這麼大，我去哪裡找人？」

季芮晨忍住不適，深吸了一口氣。「我問人好了。」

「問——」人？

「請告訴我，厲鬼在哪裡？我們的團員在哪裡？」她單膝跪地，手貼著土壤說著。「土裡的靈魂，你們說話我聽得見的！」

她聽得見的！

『法……院。』悽苦的聲音陣陣傳至，『審判開始了……』

『我也要公審啊啊啊——我不想死！不想死！』

『求求妳帶我走！求求妳！』

『給我水！給我食物！我不想餓死在這裡！我沒罪！我是無罪的！』

好，她後悔說她聽得見了，各種冤魂的抱怨排山倒海而來，季芮晨起身不理，她迎向小林，說了人在法院。

「該死，有段距離。」小林遙望著樹林的另一頭，「我們得回到巴戎寺，從那邊繞過去。」

「那就用跑的吧，我不敢想像等等他們會做出什麼事……邪術、厲鬼跟詛咒……」季芮晨搖搖頭，「我不想理他們之間的過節，可是這裡有三百萬條人命啊！」

小林朝著她伸手，季芮晨擱了上去，兩個人緊緊交握，開始沒命的狂奔。

而幾公尺遠的高台上，正是古時法院遺址，位在高台上，可以俯瞰遠方的十二生肖塔，像剛正無私的法官，審視著被關在裡頭的罪犯，等待著上天決定他們是否清白。

現在，聚集了讓周樹紘完全意想不到的人們。

領隊、小朱及念憶，他們臉色各異，圍繞著他的小女兒周宜萱，僅剩的家人；周宜萱正昏迷不醒，躺在高台邊的一塊平台上，平台邊有一尊皇帝雕像。

「是你帶走了她……」周樹紘望著老林，他為什麼沒有想到？在他照顧女兒時，領隊一直都在。

老林手上拿著火把，整張臉陰陽怪氣的。「她讓我想起了怡綸小時候的模樣……也是這麼可愛……」

但是，卻在極大的痛楚中死亡了。

「混帳……你們根本不懂我們在做什麼，我們在為人權與生命奮鬥！」周樹紘激動的喊著，「生命可貴，不該輕易剝奪！」

「是嗎？」小朱冷冷一笑，「那我妹妹的生命就不可貴嗎？」

「那我妻子呢？我兒子呢？」周樹紘雙眼早已失去了理智，「你們居然這樣輕易的殺了他們！」

「我們有悔意，你也不能保證我們未來會不會變好對吧？」念憶聳了聳肩，「我相信你們會原諒我們的，就像你們對受害者家屬說的，原諒與大愛。」

「閉嘴！閉嘴！」周樹紘意圖衝上前，老林卻倏地把火伸往躺在平台上的女孩，讓他嚇得止步。「你要做什麼？」

「站遠一點。」老林面無表情的說著，事實上他不但毫無表情，而且眼神越來越渾濁。不只是他，兩個女孩也一樣，那神態、那表情，甚至連走路方式，都已經跟平常不同。

「我們要你感受比我們更深的痛苦。」念憶幽幽的笑了起來，「再來等待你冠冕堂皇的理由。」

「我說過了，那不是我的錯，是兇手殺了你們的親人！」周樹紘望著女兒，他只剩下她了。「你們為什麼要把罪推到我身上？」

「因為沒有你們的存在，就不會有我孩子的死亡……別人的姊妹、愛人的死亡。」老林瞥了念憶一眼，她默默的開始翻找包包。「你們說了一堆冠冕堂皇的道理，冤獄、人權、誤判……我都不懂，我只知道，我孩子死了，連個全屍都沒有。」

念憶從背包裡拿出兩罐礦泉水瓶，遞給小朱一罐，才扭開瓶子，周樹紘就知道那是什麼了。

「住——手！」他不顧一切的衝上前，「孩子是無辜的！你們已經殺了我的兒子和妻子，難道還要殺了我女兒嗎？」

「把我的女兒還給我，我就還給你。」老林早就一個箭步上前，拿著火把朝周樹紘揮舞。

「把我的妹妹還給我，我也會放了她。」小朱把手裡的油，往昏迷的孩子身上倒。

念憶無語，只是仔細的把油澆倒在孩子身上，深怕有哪一方寸錯過。

「放了她！放了她！」周樹紘不畏火勢的衝上前，老林卻瞬而剽悍起來，一抬腳就踹向他的腹部。「你們會下地獄的！一定會！」

「我們已經在地獄了。」小朱帶著淚水忿忿大吼，「哈哈哈！哈哈！哪個受害者的家人不是活在地獄裡啊！」

「啊啊啊——」周樹紘狂亂的吼著，起身再度撲向老林，這一次他們扭打在一起，火把落上了地。

「你們只擔心那個人受到冤獄、擔心他沒有改過的機會，誰給死掉的人一個機會？」念憶喃喃自語，在火光中，她的雙眼轉為猩紅。「什麼歪理都說得出口，就為了保護兇手，讓他再出來殘殺無辜的人……如果無辜的人因你而死，那也不差這幾條命吧？」

是啊，怎麼會差呢？死得越多，血流成河那才叫美。

念憶泛起了殘虐的笑容，她想看紅色的大地、想看白骨成山，就先由烈火焚燒人類開始吧！

無視於一邊正在扭打的兩個男人，小朱甚至還蹲下身子，以手將油抹上周宜萱的臉龐，她像在欣賞什麼般的笑著，不知道要用幾條命，才能換取離開這裡呢？

腳步聲由遠而近，小朱與念憶四目相交，她們不約而同的泛起欣喜若狂的笑容，來了來了！

「老林！周先生！」小林一馬當先的衝到了這兒，「你們在做什麼！」才往前，他就聞到了刺鼻的汽油味，吃驚的看向地上的空瓶，油油亮亮的女孩、扔在地上依舊燃燒著的火把，一切都在瞬間連結起來。

「太誇張了你們！」他暴跳如雷，「殺死無辜的孩子已經很超過了，還殺了周太太，根本已經到了喪心病狂的地步！」

兩個女孩斜眼瞪著他，那眼神讓小林一驚，他突然驚覺到這兩個女生似乎已經不是原來的小朱跟念憶了。

季芮晨氣喘吁吁的奔至，看到一片混亂，小林上前要分開兩個抓狂的男人，結果卻被一把往旁推去。她全身發寒的顫抖，大家沒聽見嗎？這眾多的足踏聲正朝著這邊來，宛如行軍啊！

「你們這些變態，休想再傷害我的孩子！」周樹紘爆出大吼，突然使盡力氣，用力甩開了老林。

老林被往後推去，來不及抓住周樹紘，忿怒扭曲的臉龐還在咆哮，踉蹌向後，左腳卻頓時踩空——「老林！」

小林驚叫著，赫然發現老林被推向了高台邊。

「爸——」

沒有人來得及做些什麼，只是眨眼瞬間，老林就直接向後落下，黑夜裡只聽得到他怒不可遏的慘叫聲：「周樹紘——」

砰！

人體摔在高台下巨石上的聲響驚人，季芮晨嚇得顫動身子，小林覺得那聲音像是撕扯掉他的理智，讓他動彈不得。

『把火把撿起來吧……』黃怡綸緩慢的現身在念憶身後，她根本是鑲在她背後的，兩人同用一隻右手，趨前欲拾起地上的火把。

啊啊……季芮晨倒抽一口氣，念憶跟小朱早就被怨靈附身了嗎？

「休想！」周樹紘比誰都快，衝上前搶過火把，狠狠的往高台下扔去。

『打火機呢？』小朱身上的郭晏婷從容說著，她開始從包包裡尋找打火機。

「等等……妳們……」小林不可思議的看著厲鬼們，「妳們操控著她們……讓她們犯罪嗎？」

黃怡綸只是冰冷的望著他，不發一語。

「住手吧……妳們知道的吧？有一大群亡靈朝這邊來了！」季芮晨慌亂的奔向前，「聽到行軍的足音了嗎？他們想離開這裡，想要血腥跟殺戮！」

念憶望著季芮晨，露出一抹燦爛的笑。「我也是。」

什麼？小林愣住了，什麼叫她也是？在念憶身上的是她最愛的人，還是根本已經摻和了這片土地上的怨靈？

「我跟妳們拚了！」周樹紘衝向小朱，結果土裡竄出的手飛快的絆住他的雙腳，吳湘鎂瞬間衝了出來。「唔……妳——」

『去哪裡呢？』她用嬌媚的聲音說著，勾住周樹紘的身子。『你還不夠痛呢！』

小朱拿出了打火機，小林突然跳上前，怎知念憶動作迅速得不像人，打橫身子往前，一橫臂就擊中小林的頸子，重擊他的氣管，讓他瞬間不能呼吸的倒地。

「小林！」季芮晨衝向痛苦倒地的小林，他摀著脖子臉色發青，手卻指著念憶她們。眼看著小朱點燃了打火機，欣喜若狂的望著周樹紘。「看仔細了，周樹紘。」

不行！季芮晨拿過小林頸子上的佛珠，二話不說的起身，直接甩套到念憶的頸子上，同一時間，逼近小朱，意圖搶下她手上的打火機。

但是，念憶卻反手扣住了她的手腕，將她拉近身前。

「妳還搞不懂嗎？」念憶咧嘴而笑，季芮晨瞪大雙眸，看見的是紅色的雙眼、發黑的印堂以及滿嘴腐爛的氣息。「有妳在，這種東西，我們怎麼會放在眼裡呢？」

咦？季芮晨瞪圓雙眼，同一時間，小朱鬆開了手。

「不——」無法動彈的周樹紘眼睜睜看著打火機往下落上孩子的身體，瞬間起火燃燒。

「呀！」一直昏迷不醒的周宜萱頓時痛到清醒，她全身橘光燦豔，淒厲的慘叫著。「哇啊——爸爸！爸爸！」

季芮晨就站在周宜萱身邊，孩子痛得撲了過來，結果火卻避開了季芮晨。

「小萱——」周樹紘費盡氣力掙扎，吳湘鉄卻緊緊纏著他。「小——萱！」

好不容易得以呼吸的小林癱在地上，看著著火的周宜萱承受椎心刺骨的痛，邊跳著邊尖叫，然後從高台邊摔了出去。

而站在旁邊的兩個女孩子，都露出了不屬於人類的笑意。

偏偏，這還不是最需要擔心的事。

無以計數的死靈們從巴戎寺方向湧來，他們朝著小林而來，這些死靈們身上千瘡百孔，像是彈痕，也有刀砍的痕跡，最讓人擔心的，該是那些面露凶狠、戾氣甚重的死靈。

「小林！」季芮晨趕緊把小林往後拖，黑壓壓的鬼魂激動的逼近，殺氣騰騰。

小林吃力的把身上的護身符平安符什麼的往龐大鬼眾的方向丟去，竟然毫無用武之地，還有死靈大口的把護身符吞進已經腐爛見骨的肚子裡，完全不畏懼上面畫有神佛。

「殺……」身後的念憶跟小朱不約而同的大笑起來，「殺！把所有人都殺光！」

吳湘鉠沒有鬆開長嘯的周樹紘，反而緊緊扣著他，老實說彷彿在保護他一般，因為凶惡的死靈們明顯的掠過了他們。

『不能留活口！』

『絕不可以放過一人！』

不對……季芮晨緊扣著小林，到底哪裡弄錯了？怎麼可能完全沒有能壓制厲鬼的方法？為什麼那些女生怨靈會跟當地的死靈結合？

她剛剛可以擋下一個死靈，現在可以擋下這看不見邊際的大軍嗎？

她明明是 Lucky Girl 的，為什麼一直祈求大家平安無事卻適得其反？為什麼剛剛念憶要說因為有她在——季芮晨倏地瞪圓雙眼，仰起頭，看著眼前由眾多死靈揉合成一團的龐然大物，他伸出十幾雙手朝小林刨了過來。

如果她希望……死靈們全部下地獄呢？

這片土地上的怨靈、兇殘的殺靈，甚至是那幾個可憐的受害女生，絕對無法傷害任何人，一定會殘殺失敗，抓交替失敗，復仇失敗呢？

她圓睜著雙眼看著十幾雙手上尖銳的指甲停在小林身上五公分的地方，那揉合的死靈驚恐的回首，頓時天搖地動，咚咚咚的不明聲音傳來，震耳欲聾，念憶跟小朱同時發出痛苦的哀鳴，四周一片淒絕的鬼哭神號，連同女厲鬼們都在尖叫。

季芮晨不明白發生什麼事，原本已經打算領死的小林也狐疑睜眼，他們兩個不約而同的摀住雙耳，那聲音太過刺耳，痛得耳膜都快震破了。

小林半坐起身把季芮晨往胸前護，對於黑暗的未知，已經恐懼到盡人事聽天命的地步了。

四周捲起一陣黑霧，像是從地面竄上似的，死靈們驚恐的逃竄不及，全被黑霧重重纏身，直往地底裡拖去，而大地震盪的主因來自於昂首闊步的神像，從牆裡浮雕走出的毘濕奴神，讓季芮晨二人瞠目結舌。

幾乎只有幾秒鐘的工夫，死靈均不復在，小林緊張的回首看向念憶她們，雙雙趴在地上，不停的嘔吐。

他抓過在地上滾動的手電筒，慌亂的往上一照，就這麼照在三公尺高的石雕神像上頭。

毘濕奴神揮動著八隻手而來，八隻手上均有法器，一如浮雕中的威武。祂由上而下睥睨著他們，不怒而威，眼神凌厲的看向季芮晨，手上的法器朝著她揮舞，嚇得她躲到小林身後去。

『妳——立刻離開我的國度！』毘濕奴神用不悅的話語說著，『不祥之人，速速離去！』

不祥？季芮晨怔住了。「我？」

小林聽不懂柬埔寨語，自然丈二金剛摸不著頭腦。

『今次妳的確滅惡有功，我暫且放妳一馬。』語畢，旋身又往巴戎寺的方向走去。

一切像是一場夢，沒有死靈沒有厲鬼，這平台上只有寧靜，小林緊抱著季芮晨的手這才緩緩鬆開，用一種困惑的眼神望著她。

「這是？」

「別問我，我腦袋一片空白……」季芮晨嘴上這麼說，心裡卻翻湧著不安。

「咳咳……咳咳！」小朱跟念憶吐出了胃裡所有的血與肉，「嗚……嗚……」

「小朱？」季芮晨試探性的呼喚，「妳認得我是誰嗎？」

小朱轉過來看了她一眼，淚流不止。「我什麼都知道……我、我殺人了！天吶！我殺人了！」

懊悔與恐懼纏著她，她什麼都知道，也知道妹妹的鬼魂牽制著她，這一點都不可怕，可怕的是——她打從心底想這麼做。她想殺了周樹紘的親人，讓他飽受失親之痛！

「都死了嗎？」念憶跪坐在地，淚水不斷的湧出。「都死了……」

「妳們食怨靈之血肉，這種邪術侵蝕了妳們的人性。」小林聲音還有點沙啞，「詛咒只怕未滅，妳們啊……」

「我不後悔。」念憶空洞的搖著頭，「我不管有多正當的理由、我不在乎什麼人權與國際趨勢，我只知道……她死了！我最愛的人死了，所以，我為什麼要後悔！」

就算沒有厲鬼附身，她也會再殺了周樹紘的親人一次！

「我……」小朱望著自己的雙手，痛苦的闔上雙眼。「我也——」

「哇啊啊啊！」

餘音未落，周樹紘的暴吼聲驀地傳來，小林慌亂的將光源移動，卻只見到周樹紘發狂的撲向小朱，直接把她從高台邊緣推下去。

「呀——」小朱晃動手腳試圖抓住周樹紘，卻徒勞無功。「哇——」

尖叫聲由近而遠，漸而落下，又是另一個生命破碎的巨響，消失在高台下。

「……住手！」季芮晨不可思議的大喊著，因為周樹紘的手上，還握著一塊石子。「周先生，你不是講人權嗎？不能殺人啊！」

說時遲那時快，周樹紘手中的石子狠狠砸上念憶的頭顱，鮮血噴濺。

「我殺了妳們殺了妳們殺了妳們殺了妳們！」周樹紘歇斯底里的瘋狂叫聲迴盪著，「妳們居然殺死我家人、殺死我朋友！全部都該死該死該死！」

念憶應聲而倒，但伴隨著嚎叫，周樹紘瘋狂的砸著念憶的腦袋，那股狠勁驚人，他已經完全失去了理智，雙目充斥著不共戴天的忿恨，臉上都噴滿了鮮血與腦漿，卻還是繼續砸著。

藉著季芮晨落在一旁草地上的手電筒的光，呆愣的他們只能看見血紅一片，還有……

念憶被砸爛的頭，以及，她的微笑。

『瞧，他不是倡導廢死嗎！呵呵……哈哈哈！』

念憶得意的嗓音在季芮晨耳邊響起，清脆的笑聲成了那晚的閉幕曲。

# 尾聲

熙來攘往的機場裡人聲鼎沸，這班要返回台灣的飛機客滿，登機門熱鬧非凡，許多從吳哥窟要返台的旅行團笑語不斷，大家都大包小包的，還在互相交換著電話跟FB。

唯有望著停機坪的一行人，異常的沉默，只是坐在位子上。

賴眉宇跟張銘偉兩個人低垂著頭悶不吭聲，小林跟季芮晨坐在另一邊，也只是眺望著遠方。

一行二十人出團，結果回程時只剩下四個人。

季芮晨往一旁的賴眉宇看去，原來他們兩個也是硬安插進去的團員，老林之所以把他們關進塔裡，就是不想讓他們涉入；至於原本也該關進去的她跟小林，因為當時張銘偉就要衝出來，讓老林不得不在第一時間先把塔門關上。

所以，原訂計畫應該是讓小朱她們兩個單獨面對周樹紘夫妻的。

這是一場很可怕的旅行，對小林而言是血肉橫飛的實習，死亡的都是無辜的孩子，最大的才十歲啊，怎麼能這麼殘忍？

「因為他們也覺得自己的親人是無辜的吧？」脫險的賴眉宇想到就會掉淚，「可是我真的沒想到她們會這麼狠，而且一切都是預謀的，大家還演戲。」

是啊，回想起來就能找到蛛絲馬跡。

在洞里薩湖時，大家根本都知道船會翻，所以救生衣才能在如此慌亂下都拿得妥當，當時她還以為是自己幫了大家，仔細回憶，那種急迫的情況下，大家怎麼可能都來得及穿好？

而李承恩的墜地只怕也是小朱或是誰動的手腳，因為大家同時都顧著爬樓梯，沒人看得到其他人的狀況，只要使勁一拉，就能輕易的讓孩子失足……更別說，如果是厲鬼的話，伸隻手就解決了。

小朱警告過她，管自己的事就好，她那時沒有多想……廢話，誰會想到跟自己同團出去、眉開眼笑的開朗女孩，是背負著復仇之心要來大開殺戒的？

「說不定不完全是她們意志控制一切行動的。」小林嘆了口氣，「我問過了，食怨屍肉怨屍血的邪術，只是讓自己走向墮魔的路而已。」

「墮魔？」這名詞讓大家感到既陌生又害怕。

「會變得殘忍嗜血而且泯滅人性，靈魂甚至會跟厲鬼同步，所以他們會擁有同步的恨意，我打賭老林他們那掛，早就都看得到那些厲鬼。」小林回想起來，發現異狀都在細微處。「他們設計這個團，完全就是為了要對付周樹紘跟李文皓。」

「關李先生什麼事？」季芮晨到現在還是百思不得其解，「我原本以為他們不認識，可是那天在敲心殿時，周樹紘是喊李先生的名字。」

張銘偉露出一種很吃驚的神色，「妳不知道喔？李先生好像是十五年前，幫那個兇手辯護的律師，後來很少再出現，不過跟周樹紘似乎還是好友。」

「為什麼你們都知道？」季芮晨才覺得奇怪咧，十五年前的事她怎麼會了解！

「鍾岱珈他們說的，念憶一開始就很討厭周樹紘，跟我們說過原因，所以我們都知道。」賴眉宇附議男友，「但我們沒想到原來他們都認識，而且不僅止是討厭……」

「對你們兩個當然會防，車上有季芮晨、你們兩個跟我這四個程咬金，說不定他們還在抱怨下手增添困難。」小林一臉無奈，「對，我也是出發前兩天才被安排到老林身邊實習的。」

「人算不如天算，再縝密也會有差錯。」季芮晨一直打不起精神，「我看他們原本也沒打算活著回去。」

是啊，四人相視無語，唯有嘆息萬千。

一夜的血腥，結果卻出人意料。帶著警方前往塔普倫寺，什麼李太太、周家楷，根本都不見屍，樹根裡沒有人，還被翻譯笑問是否把裹著的神像當成人的屍體？

敲心殿裡也沒有李文皓的遺體，甚至連一絲紅血都沒有留下。

優尼裡的周家育也不復見，那灌滿鮮血的渠道一如往常的乾淨，可是也並非毫無所獲，警方在陵墓裡找到了謝宇宸的屍體，他後腦勺破裂，研判是黑夜中不慎摔倒，撞到石牆所致。

阿丹跟阿土兩個人葬身在外頭的水池裡，雙手緊緊相連，還綁著繩子，浮在很淺的水面上，警方目前也是認定失足落水……不過幫他們處理事情的小平哥不這麼認為，他覺得那是祭品。

因為阿土跟阿丹兩人手上綁著的、身上戴著的，都是獻祭用的東西。

至於鍾岱珈，生不見人死不見屍，截至目前為止，完全無消無息。

十二生肖塔裡，許依婷的屍體一如預料的消失無蹤，現場完全沒有痕跡，就像從來沒發生過事情一樣，儘管小林歷歷在目，卻沒有任何實證能證明那邊曾發生過命案。

周宜萱也一樣，那被焚燒的慘叫聲依然在耳畔，可是高台下的屍身卻只有老林跟小朱，上頭是頭被砸爛成碎西瓜的念憶，在日出時依然閃爍著如紅寶石般的光澤。

一切，似乎變成所有跟周樹紘有關、他深愛的人都沒有下落，但是卻有好幾具屍體跟他有關係。

至少季芮晨跟小林就是目擊者，周樹紘將老林跟小朱推下去，並且打死了念憶，而周樹紘也坦承不諱，即將遣返回國接受司法審判，但是他口口聲聲說要尋找妻兒跟摯友一家，卻讓警方覺得匪夷所思。

「屍體為什麼都不見了呢？這是我最搞不清楚的事，明明我們都看見他們被殺了……」小林困惑了好幾天，他們也跟警方說真的有看見小孩和大人死亡，但是連一點點血液反應都沒有。

「說不定……一切都沉到地獄去了……」季芮晨喃喃說著，那晚的重重黑霧像是地面開了個洞，因為所有的死靈怨魂都是往下墜落的。

「這也有可能，還有那天最後出來的……毘濕奴神。」小林轉向季芮晨，「也可能是神明淨化了一切……對了，那天毘濕奴神跟妳說了什麼？」

「咦？」季芮晨愣了一下，說了什麼？

祂要她立刻滾離柬埔寨這塊土地，還說她是不祥之人，彷彿她的存在就是一種詛咒，會詛咒祂守護的吳哥窟。

這件事盈繞在季芮晨心中久久不能消散，她滿腦子都在思考這個問題——是否她根本不是什麼 Lucky Girl？

其實她是極為不祥的存在，她身邊的人都接連過世了，唯有她活下來。因為詛咒本身是不會受到傷害的，反而是四周的人，沒有一個能逃得過！

如果這樣解釋的話，就完全說得通了，因為不管多嚴重的災禍，她全數躲過，那晚的火避開了她、在塔普倫寺裡的士兵鬼瞬間化為灰燼，甚至在奔走逃命時，沒有任何一個失控的死靈傷害她。

而厲鬼們怎麼說：『妳是站在我們這邊的吧？』

這是什麼意思？季芮晨緊緊握著雙拳，她到底是什麼人？親朋好友的死亡都跟她脫不了關係嗎？

「季芮晨，妳怎麼了？」小林自然看出她神色有異。

她搖了搖頭，突然起身離位，遠離了小林、賴眉宇他們，逕自走到大落地窗前望著外頭的飛機。

如果等會兒飛機失事，她該不會就是那個唯一生還者吧？

「嘿。」肩上輕點，回首是笑著的小林。「怎麼了？心情很不好，還不能對這次事件釋懷嗎？」

「釋懷……我們遇上的事很誇張也很可怕，但是並不會影響我太多，畢竟那不屬於我的恩怨。」她說得很明白，「不過我是不太想再有下次，腐屍的血肉太噁心了！」

「噗……結果妳在意的是喝下的那口水喔？」小林噗哧一聲笑了出來，「不錯不錯，回頭應該是不必看什麼心理醫生了。」

「喂！」她沒好氣的抱怨著，「我啊……說不定是個災星。」

「什麼？」小林似笑非笑的望著她，「妳？災星？」

「是啊，說不定我不是什麼幸運女孩，而是被詛咒的人，所有接近我的人都會出事，唯獨我能活下。」她苦笑一抹，「你不覺得這樣解釋很正確嗎？為什麼我的親友都死了，每一次出事，只有我活下來？」

「嗯……」小林斂起笑容，擰眉沉吟，陽光般的笑容彷彿被烏雲籠罩。

「在塔普倫寺時你看見了，死靈士兵意圖劈開我卻灰飛煙滅，在法院遺址上時也是，我就站在女孩身邊，火居然會轉彎避開我！」她不知道為什麼會對小林侃侃而談，「更別說我一路上沒被死靈傷害，他們甚至還因為我的出現而欣喜若狂……」

「是啊……」小林連連點著頭，「所以，妳現在不打算跟我們一起坐同班飛機回去嗎？」

季芮晨微怔，矛盾複雜的望著他。「你怎麼問這個？」

「照理說妳下面會接這句：『為了不傷害你們，我不該跟你們坐同班飛機回去。』」

「嘖！我沒想到這一點，我們不是都一起到吳哥來了？」她尷尬的咬了咬唇，「不過對耶，你這樣說也有理。」

「然後呢？坐下班就沒關係？」小林居然高聳肩頭，嘴角勾著淡淡的笑容。

「喂，幹嘛說得一副我現在坐哪班，哪班就會出事一樣？」她鼓起腮幫子，有這麼準的嗎？「人說生死有命富貴在天，也沒有一天到晚二十四小時都在出事的吧？」

啪！小林忽而一彈指，做出一個賓果的效果。

季芮晨一開始只是微愣，但是旋即瞭然於胸，綻開了笑容——她懂了。

「去煩惱這個，那妳這輩子就都不要出門了，而且根本不該活在這世界上，因為說不定妳待在家，那棟屋子都會垮掉。」小林無所謂的聳聳肩，笑出一口燦爛白牙。「要我說呢，杞人憂天。」

「我原本就是這種想法的人啊，各人有各人的生活跟命，所以一開始我就跟厲鬼說過，我哪邊都不站。」她抿著唇，「問題是，萬一我無意間選擇了哪邊怎麼辦？」

「沒有那麼萬一，因為現在我們好端端的站在這裡。」小林的笑容更深了。

季芮晨可不這麼想，如果他們能脫困，是因為她的「祈禱」呢？

祈求大家平安無事，團員們卻陸陸續續出事？所以她那時其實是站在團員這邊的。可是當她祈求厲鬼慘敗時，一切卻成真了？

她尚且搞不懂這之中的邏輯，不過……她知道跟自己脫不了關係。

一開始有浮雕神像出手打她，到後來昆濕奴神又說放她一馬，感覺她好像是什麼不容於世間的存在。

問題是，她就是存在啊，她又沒惹到誰！

「好複雜。」她突然深吸了一口氣，「我不想去想了。」

「嗯？」

「想這麼多也沒用，我就是我。」季芮晨兩手一攤，「回去後我們先去吃豬腳麵線好不好？去去霉運。」

「妳都 Lucky Girl 了還吃喔？」小林笑開了顏，「我覺得能活下來已經超幸運了呢！」

「多少吃一下嘛！」她也笑了起來，指向不遠處的商店。「我想去買可樂，要不要？」

「好啊，走！」小林回頭跟賴眉宇他們打個招呼，就跟著季芮晨往商店那邊走去。

兩個人各買了一瓶可樂，離登機還有好長一段時間呢，索性再買個三明治坐下來吃，季芮晨則盡可能忽略耳邊傳來的慘叫聲，不停的喊著好燙好燙的驚恐叫聲。

這裡大概也發生過空難吧，她聳了肩，啜飲幾口可樂。

「我跟妳交換一個秘密怎麼樣？」小林突然若有所思的望著她，帥氣的臉異常誠懇。

「交換……什麼秘密？」她轉著眼珠子。

「妳聽得到的秘密。」小林雙眼閃著好奇光芒，指向了耳朵。

噢，季芮晨明顯退卻，這是滿大的秘密耶，雖然說小林已經知道不少了，可是要她都說出來……不妥，正常人會把她當神經病或怪物看的，到時候會和這個陽光般的帥哥連朋友都做不成。

「我先說！」小林一臉自告奮勇，從腰包裡翻出幾張揉爛的紙。「這些符咒是我抄來背的，我身上帶著的護身道具是從超級靈驗的廟買來的；再來，這不是我第一次見鬼，所以我知道那些鬼的存在跟特性。」

季芮晨眨了眨眼，「你……知道？」

「早在第一天到吳哥窟時，妳說的我就都信了，那邊真的很特別。」小林用力點頭，「不然我不必帶那麼多東西出門。」

「你說過那是因為你是領隊，所以……」

「這也是原因之一啊！但我的意思是，我超級信那些東西。」小林左顧右盼，確定四周沒有東方人。「我也知道，不見的屍體去了哪裡。」

「咦？」季芮晨差點沒跳起來，「你知道？」

「噓……」小林一臉慎重的比了個噓，點了點頭。「被吃掉了。」

「吃掉？」季芮晨訝異得說不出話來，「被誰吃掉？」

「誰都有可能。」小林說得煞有其事，「老林他們詛咒自己，施行了邪術，事實上隨著他們不停的食血食屍肉，就已經越來越稱不上是人了……在塔普倫寺時，黑暗中有誰在誰知道？有可能是鍾岱珈、有可能是阿丹他們，也有可能是當地的死靈……」

「甚至是那些受害者。」季芮晨握了握拳，「最後毘濕奴神淨化，就什麼都不存在了，大家都被拉下地獄。」

小林狐疑的蹙眉，饒富興味的望著她。「妳怎麼知道大家去了地獄？」

「因為我這麼希望過。」季芮晨隨口敷衍，「那為什麼死靈們不會把小朱他們分食掉？」

「誰要邪化的身體？」他不知道在模仿誰的語氣，「魔化的身體裡面早已腐敗，連食肉鬼都不吃。」

「那這樣說來……鍾岱珈可能還活著？」因為唯一不見人不見屍的就是她啊！

「也可能在地獄與人界的夾縫中，求生不得、求死不能。」因為小林推斷，處理一些後續的人就是她。

「還有……謝宇宸跟郭晏婷如果是姊弟，可是明明不同姓啊！」這層關係也很教人驚訝，就因為姓氏不同，實在很難聯想到會是某死者的親人！

「這更簡單，一個從母姓一個從父姓。」小林說得理所當然，「我也查過了，郭晏婷的母親真的姓謝！」

「哇塞！」季芮晨忍不住讚嘆，「你知道好多事喔！不管是現實或是那個世界……」

「哎，只是基本概念，其他都是問人的啦！」小林靦腆的笑了起來，「是我認識的人厲害。」

季芮晨靈活的大眼轉著，突然正襟危坐。「好吧，換我說了。」

小林立刻趨前身子，好奇心旺盛。

「我從出生開始就聽得見不屬於人界的聲音，尤其是魍魎鬼魅，甚至妖都聽得見……」她邊說邊用食指比了個圈，繞在自己身邊。「我身邊都是說話聲、哭泣聲或是咆哮聲，我是在一大堆鬼魅的包圍下長大的。」

小林有些瞠目結舌，一大堆耶！「可是妳看不見？」

「不是陰陽眼，也不是輕易看見的那種……這次是我遇過最多最噁爛的一次。」她有點嫌惡的縮了一下頸子，「不過因為這個……天賦？我在大家眼裡是個語言天才，我會多國語言。」

「啊啊……所以妳聽得懂柬埔寨話！」原來如此！

「我會的語言多到保證讓你嚇一跳！」季芮晨還露出自信的笑容，「人家說學語言環境最重要，馬的，我環境超好，各國語言都有。」

「好讚喔……」小林居然由衷的佩服起來，「一般人要製造這種環境很難耶！」

「所以可以算是天賦吧？」季芮晨稀里呼嚕的把可樂一飲而盡。「好了，這是我的秘密。」

小林笑了起來，他真的是個很好看的男生，總是眉開眼笑的，濃眉加上漂亮的大眼睛，笑的時候就像陽光一般溫暖，透露出一股活力十足與開朗。

最重要的，他沒有用異樣的眼光看她。

此時傳來登機的廣播，他們兩個相視而笑，不約而同的起了身。

「這趟旅行真是糟透了。」季芮晨誠實的說著感想。

「我承認，回頭記得到我們旅行社填意見回饋表。」對小林而言，這是糟到不能再糟的實習。

「填什麼？厲鬼橫行？領隊殺人？」她有些無奈，「我們不是當事者，什麼都批評不了……不管是尊重人權與生命的周樹紘，或是受到親友身故之痛的其他人，只是這樣的做法跟結局，都不一定是最好的。」

「那些人只願站在自己的角度去思考，才會有這樣的結局。」小林拿出護照跟機票，「不過對於周樹紘尊重生命這一點，恕我打個問號。」

季芮晨明白小林話裡的意思，因為周樹紘最後失去了理智，他們都忘不了他殺掉念憶的畫面，一個好好的人，能將其他人的頭顱整個敲碎，可以想見他的忿忿不平與恨意，是如何的滔天。

「沒有親身經歷過，就不會感同身受，那是老林他們要周樹紘去感受的人間地獄。」季芮晨依然只有嘆息，「可是犧牲的卻是孩子跟妻子……」

「對於厲鬼跟失去人性的人講理，已經說不通了。」小林朝賴眉宇他們揮手，示意他們準備排隊登機，沒了老林，他現在就是領隊了。

「老林他們，誰也沒有想要殺周樹紘。」季芮晨苦笑著搖頭，「他們要留活生生的地獄給他。」

小林顯得非常泰然，跟季芮晨一起排在登機隊伍的最末端。「反正無論如何，他們都不會後悔的。」

沒有一個人會後悔。

無論是意圖對周樹紘展開報復的家屬們，或者是發狂殺人，把自己畢生追求的理念拋諸腦後的周樹紘，都沒有人會後悔。

沒有人有資格論其對錯，只能說每個人都只用自己的想法跟觀點去對待他人，自私的心態造成最後的結果——自己抉擇的路，更沒有資格後悔。

所以，他亦步亦趨，不求做什麼人上人，但求做人做事問心無愧，而且不妄加批評、不擅加揣測，更不任意介入他人的事端與恩怨中。

可是他還是對季芮晨感興趣了。

「不後悔就好，我也不愛介入別人的事。」季芮晨連連附議，「不過拜託他們不要扯無辜的人下水嘛！」

「噗，搞不好他們覺得我們莫名其妙，硬要闖進他們的計畫中哩！」小林搖了搖頭，「說實在的，老林對我們夠好了。」

至少全力保住賴眉宇二人，至於他們則是運勢不佳，來不及被保護，加上紅色高棉的三百萬屠殺，這怨與恨相交，別說人性喪失，就連厲鬼也變得殘虐，但這些都不在悲慟的家屬在乎的範圍內。

季芮晨只得淺笑，她就要離開這片土地了，希望毘濕奴神少安勿躁。

至於她究竟是帶著幸運還是噩運，她決定暫時不要太在意。生死有命，別把錯往自己身上攬，這太不明智了！

登機前空姐還要檢查一次護照，小林把護照打開，季芮晨踮起腳尖想看他的名字。

「怎麼？」小林笑得迷人，「我叫林祐珊……咦？」

結果有東西從護照裡掉了出來，季芮晨立刻蹲下身子為他拾起，是一個紅色的平安符，跟之前的都不一樣，紅布上繡著字。

「送妳吧，這是真正厲害的玩意兒。」小林大方放送，空姐給了他一個燦爛的笑容，將票根給他。

「最好是，我看你帶的東西沒一個有用的！」季芮晨咕噥歸咕噥，還是反覆把玩著護身符。

「誰知道那邊這麼邪啦……不對，根本就是連人都是邪的才會破不了！」小林義正詞嚴，「這是出自高人之手，不可能沒效。」

「問題就沒效啊……」季芮晨喃喃唸著，暗自吐了吐舌，跟著小林走進了空橋。

『小晨 honey！』一上機，她就聽見熱情的呼喚聲，『我終於能說話了！』

季芮晨逕自笑了起來，從來沒有這麼安心的感覺，陪著她一起長大的 Martarita 終於說話了。

她揑著手裡護身符，心裡感受到無比的溫暖，挨著小林一起坐下來，他讓出靠窗的位子，她欣然接受，終於要回家了！

『幸好妳沒事，太可怕了！我們都沒辦法說話，那些鬼好凶啊！』

季芮晨笑得更開了，她繫上安全帶，手裡還把玩著護身符，這出處跟頸子上戴著的很像，但繡的圖案她不會看。

『為什麼戴這個？很不舒服耶！可以拿掉嗎？呿！』

哦？不舒服？季芮晨挑了眉，這可是有史以來第一個護身符會讓他們「不舒服」耶！

她哪可能輕易拿掉，反而更加仔細打量，什麼圖案什麼咒的她都看不懂，但至少看得出來角落繡有三個清楚的楷書：

萬應宮。

# 後記

2012

這次又跟大家在國外見面了！

很謝謝購買這本書的你，以及對《異遊鬼簿》系列的支持，看著主角們的驚悚經歷，還可以順便一探國外風光，我想這是大家喜歡《異遊鬼簿》系列的原因。

從第一部到現在第三部，從主角開始就不相同，舉凡主角、事件甚至連「主軸」都不一樣；看完這本書的你一定也知道，這裡沒有太多過去的影子，因為當一個系列告一段落時，主角們也就揮手道別，在鎂光燈下風光退場。

新的開始當然要有新的角色，很多人對前兩部的主角們都很有愛，但一如我過去在《陳小美》系列所提及，再好看的電影或影集，久了絕對會膩，所以六集是我一直以來最愛的數字，同一主軸，至多就是六集了。

再延續下去的故事就顯得無聊，角色的反應跟火花也不再燦爛，呆板無趣，非我所喜。

因此，新的旅遊事件，就交給小晨領著大家繼續環遊世界吧！

這一次的主角可是貨真價實的（未來）領隊喔！保證可以為大家做最完善的服務，雖然還沒考取證照，但是她絕對具有高度的熱忱，要帶著大家完成一個美好的旅途。

至於，中間會發生什麼事，那就說不定了！人生嘛，總有意外發生，說不準的對吧？

這一次選用的吳哥窟題材是我非常喜歡的一個地方，那裡的壯麗一定要親眼目睹才能體會。用巨大的石頭層層堆疊成如山的塔，工匠在在那堅硬的石頭上雕出活靈活現的浮雕、莊嚴慈祥的佛像，真可謂巧奪天工。

書裡所寫的特殊樓梯也是特色，每階甚高，梯面又窄，真的得「爬」樓梯才走得到上頭，完全得五體投地方能顯示出一種虔誠，爬那些樓梯是一種挑戰，對懼高症的人而言更是，梯面也真的沒有整修，所以去玩時務必多加留意。

相關遊記我部落格都有更詳盡的介紹，也推薦大家可以去看看蔣勳著作之《吳哥之美》，當然，讀萬卷書還是要行萬里路，有機會的話就去看看吧！

另外呢，今年開始，我的部落格或粉絲專頁不定期會有特殊活動喔，都有限時，限的時間有長有短，最好常常關注一下，千萬別錯過千載難逢的好康嘍！

※ 吳哥遊記：http://linea.pixnet.net/blog/category/list/1451268

## 2023

又是將近一個十年，終於來到重新出版的最後一步——《異遊鬼簿》第三部。

當年本系列就是一個分水嶺，前三部在一個出版社、後三部在春天出版社出版，也很謝謝當年春天願意接手，因為很少有出版社願意從中間出版某個系列，畢竟這太怪了。

當然所有的「怪事」都是事出有因，一轉眼都快十年了，反正我都走過來了，物是人非，不管當初發生了什麼，都已經過去了。

謝謝那時一路陪我走來的大家，二〇二三，重新出版的舊書終點就在眼前了！

最後，由衷感謝訂閱購買這本書的您們，購書才是對作者最實質且直接的支持，沒有您們的購書，作者便無法繼續書寫下去，謝謝！

| | |
|---|---|
| 作者 | 等菁 |
| 封面繪圖 | Moon |
| 美術設計 | 三石設計 |
| 總編輯 | 莊宜勳 |
| 主編 | 鍾靈 |
| 編輯 | 黃郁潔 |
| 出版者 | 春天出版國際文化有限公司 |
| 地址 | 台北市忠孝東路四段303號4樓之1 |
| 電話 | 02-7733-4070 |
| 傳真 | 02-7733-4069 |
| E-mail | frank.spring@msa.hinet.net |
| 網址 | http://www.bookspring.com.tw |
| 部落格 | http://blog.pixnet.net/bookspring |
| 郵政帳號 | 19705538 |
| 戶名 | 春天出版國際文化有限公司 |
| 法律顧問 | 蕭顯忠律師事務所 |
| 出版日期 | 二〇二三年十二月初版 |
| 定價 | 310元 |
| 總經銷 | 楨德圖書事業有限公司 |
| 地址 | 新北市新店區中興路二段196號8樓 |
| 電話 | 02-8919-3186 |
| 傳真 | 02-8914-5524 |

國家圖書館出版品預行編目資料

異遊鬼簿III：禁死令 / 等菁作. --初版. --臺北市：
春天出版國際, 2023.12
面； 公分
ISBN 978-957-741-733-6 (平裝)

863.57　　112013206


ISBN 978-957-741-733-6
Printed in Taiwan

苓菁
作品

苓菁
作品